小嫻情書

愛情讓我們愛上自己、
懷疑自己、
恨自己、
憐憫自己，
也了解自己。
它讓我們深入去探究自身最遙遠
也最親近的內陸。

張小嫻

張小嫻[著]

CHANNEL[A]Ⅲ

魔法蛋糕店

〈序〉記憶中的奶油玫瑰

那年我大概五歲吧。生日的那天，爸爸媽媽買了一個蛋糕給我。小小的蛋糕上，裝飾著兩朵粉紅色的奶油玫瑰，插著一支蠟燭。那一刻，我覺得自己很幸福。時光飛逝，我吃過無數更美味和更漂亮的蛋糕。然而，童年時的那兩朵奶油玫瑰，卻在我記憶裡長存。

蛋糕總是讓人聯想到快樂。傷心的時候，我們不會想到要吃蛋糕。愛情不也是這樣嗎？開始的時候，總是甜蜜的。以後，就有了厭倦、習慣、背棄、寂寞、絕望和冷笑。

愛情有那麼多的壞處，我們卻依然渴求一個愛撫、一個懷抱、一個希望。

人是多麼孤寂的動物！

我們抬舉了愛情，也用愛情抬舉了自己和對方。當你被愛和愛上別人，你不再是一堆血肉和骨頭，而是一個盛放的靈魂。

愛情讓我們愛上自己、懷疑自己、恨自己、憐憫自己，也了解自己。它讓我們深入去探究自身最遙遠也最親近的內陸。

直到今天，我還是不了解我自己。

也許因爲不了解，才會繼續寫作吧。

《Channel A III魔法蛋糕店》是《Channel A I那年的夢想》和《Channel A II蝴蝶過期居留》的延續。人物換過了一批，故事也沒那麼沉重。第一集和第二集比較悲傷一點，更接近自身的內陸。這一集的故事比較輕快，也許離自身的內陸遙遠一點。可誰又知道不是親近一點呢？

當愛情承載更多的希望，它也會幻滅得更快。這一集的人物比頭兩集的人物都要年輕、快樂和灑脫一點，不像第一、二集裡的人，總是抓住一段感情不肯放手，總是追悔著逝去的時光。

你問哪一集的我才是我？每一集也是我。

人大了，距離那兩朵無憂的奶油玫瑰的日子遠了。我自身也有一片遙遠而親近，卻又危險的內陸。

二〇〇一年十二月三日

於香港家中

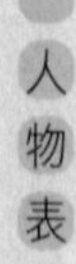

人物表

余寶正：夏心桔的表妹。美專一年級學生，在漫畫社當助理，偶爾在電台寫廣播劇。愛畫行李箱。

何祖康：漫畫助理。有一雙註冊商標的大眼袋，愛吃蛋糕。

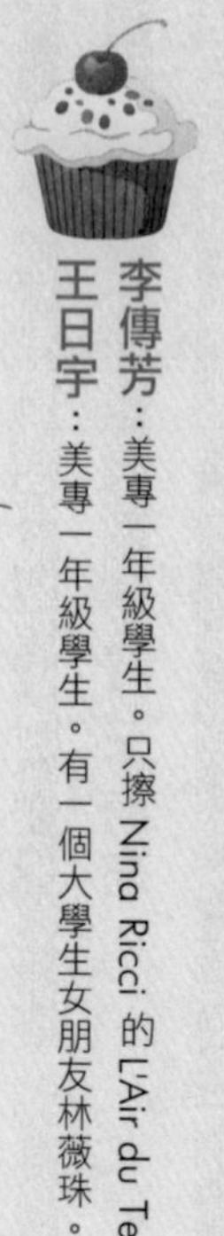

李傳芳：美專一年級學生。只擦 Nina Ricci 的 L'Air du Temps 香水。

王日宇：美專一年級學生。有一個大學生女朋友林薇珠。

唐紀和：美專一年級學生。喜歡跟李傳芳調情，卻沒有膽量追求。

徐雲欣：何祖康的初戀情人，癡心的女孩，失戀後做了很多怪事。

賴詠美：大學一年級生，同時跟關正之和郭宏川談戀愛。十三歲那年曾經跟小男友私奔。

林薇珠：大學一年級生，周旋在鍾永祺和王日宇之間。不是花心，只是想被人喜歡。

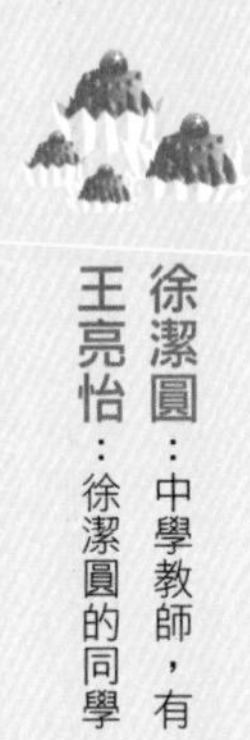

徐潔圓：中學教師，有一個學歷比不上她的男朋友符傑豪。

王亮怡：徐潔圓的同學，跟郭宏川同居。

方明晞：喜歡在身上掛滿飾物，回來是要尋找一個承諾。

杜一維：義大利餐廳的老闆，一直在等方明晞。他會製造日落。

葉衛松：當年與賴詠美一起私奔。他有一支很特別的溫度計。

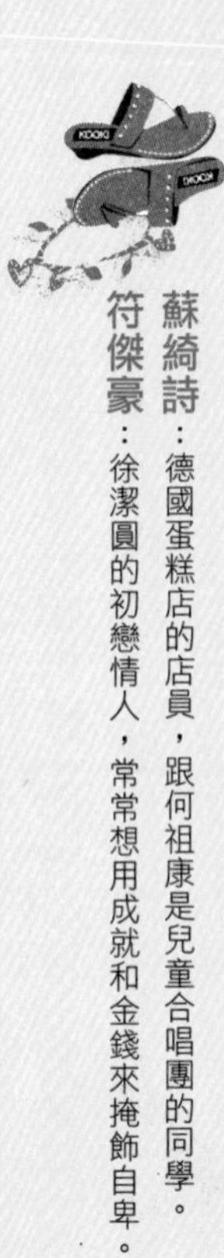

關正之：說過會永遠等方明晞，但做不到。

郭宏川：攝影助手，愛穿夾腳涼鞋，常被同居的女人趕走。

蘇綺詩：德國蛋糕店的店員，跟何祖康是兒童合唱團的同學。

符傑豪：徐潔圓的初戀情人，常常想用成就和金錢來掩飾自卑。

1.

『這個週末，我們去長洲好嗎？』余寶正在Starbucks裡一邊喝expresso一邊問身邊的朱庭鏗。

『長洲度假屋很多人自殺的啊，你不怕鬼嗎？』朱庭鏗嚇唬她。

『但長洲的海鮮比較好吃嘛。』

『你最近有沒有留意職員通訊？』

『甚麼事？』

朱庭鏗湊到她耳邊，說：『我們銀行的職員到假日海岸酒店租房，有百分之四十的折扣呢。』

『對呀！還有免費水果盤和早餐呢。那就去酒店吧！』

『你不怕遇到公司的同事嗎？』

『怕甚麼！這是正常生理需要嘛。』余寶正放下手裡的咖啡杯，說：『我要到北角的漫畫社去，你呢？』

『長沙灣的製衣廠。』

『那我們再通電話吧。』

余寶正提著公事包來到漫畫社，在漫畫社外面跟一個男人撞個滿懷。

『對不起。』那個男人抬起眼皮笑了笑，抱歉的樣子。

余寶正看了看那男人，他蓄著一頭微曲的頭髮，在腦後紮成一條馬尾，身上穿著一件黑色的皮夾克。腳上踩著一雙迷彩色的Converse布鞋，笑容很迷人。

『沒關係。』她有點著迷。

走進漫畫社，她不小心踢到了一團東西，原來是個睡袋，睡袋裡躺著一個人。

『喔，對不起！昨天晚上通宵嗎？』余寶正尷尬地道歉。

那人一頭栽進睡袋裡再睡，沒有理她。

牆角的一張沙發上，也有兩個男孩蜷縮著睡覺。亂七八糟的辦公室裡，只有一個半清醒的男孩仍然趴在桌子上工作。

余寶正看看手錶，已經是下午四點鐘了。

『我是新菱銀行強積金部（註：強積金即勞保退休金）姓余的，我約了你們老闆曾先生見面的。』

『他還沒有回來，你等一下吧。』那個臉上掛著兩個大眼袋的男孩說。

余寶正走到男孩身旁，好不羨慕地看著他畫漫畫。

『這一行很辛苦吧？』她問。

『趕稿的時候，幾天沒睡是很平常的事。』男孩一邊打呵欠一邊說。

『但是，畫漫畫很有滿足感啊。我也喜歡畫畫。』

她拉了一張椅子坐下來，除了睡袋裡那個人的鼻鼾聲之外，她好像還聽到了滴答、滴答的聲音。她四處看看，發現聲音是來自桌上一個蛋糕盒的。

『你聽到嗎？』余寶正問大眼袋男孩。

『聽到甚麼？』

『滴答滴答的聲音。』她指著那個蛋糕盒。

『剛才有人送來給老闆的。』男孩把耳朵貼到盒子上仔細地聽。

余寶正也湊近盒子，那『滴答滴答』的聲音愈發顯得空洞而不尋常。她和大眼袋交換了一個驚惶的眼神，大眼袋顫抖著說：『會不會是炸彈？』

『那還不報警！』余寶正尖叫。

大批警察來到漫畫社，軍火專家檢查之後，證實盒子裡放著一枚自製炸彈，威力足足可以把一個人炸得粉身碎骨。

『我險些兒給炸成碎片呢！』余寶正走在街上，喘著氣跟電話那一頭的朱庭鏗說。

『沒事就好了。』

『如果我給炸傷了，只剩下半邊，你還會愛我嗎？』

『只剩下半邊，怎麼能活？』

『我是說只剩下半邊胸和半張完整的臉，到時候你還會愛我嗎？』

『我沒想過呢。』

『你知道發現炸彈的那一刻，我在想些甚麼嗎？我在想，我還沒有成爲漫畫家，這樣就死了，我不甘心。不過，我也許一輩子也不會成爲漫畫家的。』

余寶正走過街角，看到地攤子上擺著幾張油畫，一個男人正在賣他的畫。那些油畫的主角，是一個很胖的女人。

『再跟你談吧。』她掛斷電話。

她站在路邊看那些畫，其中一張，那個胖女人正躺在地上看月光。她看來有兩百磅，燙了一個爆炸頭，肩膀和手臂都是圓滾滾的，大腿和小腿胖得像一條一條豐收的大蘿蔔，屁股比天上的月光還要大，這個胖女人卻有一個尖鼻子和一張快樂的臉孔。

街頭畫家長得很瘦，他穿著一件泥土色的長袖棉衣、牛仔褲和一雙白布鞋，他的頭髮在腦後紮成一條小馬尾。他長得有點像她今天在漫畫社外面碰到的那個男人，但那個男人的笑容比較陰沉，畫家的笑容比較天真。

『爲甚麼你的女主角都是超級大胖子？』余寶正問畫家。

『我覺得胖女人很可愛。』

『現實世界可不是這樣呢。但你畫的畫眞的很漂亮，我就買一張吧。』她挑了胖女人看月光的那張，畫的名字叫『Clair de Lune』，畫家的簽名是Zoe。

『這是女孩子的名字呢。』余寶正說。

『是媽媽給我的名字。』

『你是香港人嗎？』

『我是在法國出生的。』

『這張畫要多少錢？』

『嗯，三百塊吧。』

『三百？兩百吧。』

『向一個窮畫家壓價，是不是太殘忍呢？』畫家微笑說。

『這叫虎落平陽呀。賣不賣？』

『好吧。』

『我特別喜歡她的爆炸頭，我今天險些兒就變成這樣。』

『是嗎？你今天到髮廊去？』

『說來話長。』她坐在小凳子上，把今天發現炸彈的事說了一遍，畫家很有興致地聆聽著。

天黑了，她不知道爲甚麼會跟一個陌生人說了那麼多話，她甚至捨不得走。她只是雙手托著頭，像個情竇初開的小女孩那樣，聽他說著這幾年來到處流浪的故事。

手提電話的鈴聲把她驚醒了，電話那一頭，是朱庭鏗的聲音。

『你還沒回家嗎？』

『喔，我在街上買點東西，快回去了。』

她跟畫家說：『我要走了。』

『我也要收檔了。』

她看看手上那張畫，說：『將來你成名了，說不定會讓我成爲大富翁呢。』

畫家只是微笑著收拾地上的油畫。

離開那個攤子之後，余寶正走了一大段路去搭巴士。坐在空蕩蕩的車廂裡，不知道過了多少個車站，她突然站起來，匆匆走下車，抱著公事包和油畫，拚命的跑，又回到那個攤子。

燈火闌珊的街角裡，她看到畫家提著畫箱站在那兒。

『你還沒有走嗎？』她氣喘咻咻的問。

他聳聳肩膀微笑。

『你明天會不會來？』她問。

畫家點點頭。

『明天的明天呢？』

畫家也點點頭。

『那就好了，我有錢的話，會再來買你的畫。你要等我啊！』她的臉漲紅了。

再次離開街角的時候，余寶正覺得自己是畫中那個胖女子的臀部，圓得像個氣球，早已經飄升到夜空，繞著銀白的月飛舞。跟朱庭鏗戀愛的時候，怎麼沒有這種熾烈的感覺呢？經過一家時裝店時，她在櫥窗的鏡子裡看到自己的臉紅通通的，整個人好像在燃燒。今天的那枚炸彈，是投在她心上了。滴答滴答，是她響亮的心跳聲。

第二天，余寶正在辦公室的報紙上讀到那宗炸彈案的新聞，警方在晚上拘捕了一名疑犯。看到疑犯被扣上手銬帶上警車的照片，余寶正呆住了。雖然疑犯的頭上罩了一個黑色布袋，但是，她認得他那身衣著，還有他腳上那雙迷彩色的Converse布鞋。他不就是在漫畫社外面跟她撞個滿懷的男人嗎？原來他就是放炸彈的人，他當時看起來很冷靜呢。案情透露，疑犯的女朋友最近向疑犯提出分手，跟漫畫社的老闆交往。疑犯在互聯網上學會了怎樣製造炸彈，自製了一枚炸彈送去給情敵，想把他幹掉。

她拿著那張報紙走到朱庭鏗身邊，問他：『如果我愛上了別人，你會給他送炸彈嗎？』

朱庭鏗說：『我根本就不會製造炸彈。』

『你仍然可以用其他方法把他幹掉的。』

『我想，我是不敢殺人的。』

她摸摸他的頭，嘆了口氣，說：『但是，女人會希望有一個男人這樣愛她的。』

朱庭鏗悄悄在她耳邊說：『我已經訂了這個週末的酒店房間。』

『嗯。』余寶正應了一聲。對於去酒店的事，她突然不太熱中了。

下班之後，她匆匆抱著公事包去找那個街頭畫家。

『阿蘇，我帶了我畫的一些畫來，給我一點意見好嗎？』她把練習簿從公事包裡掏出來，這些都是她平時畫的圖畫。她從小就愛畫圖畫，美術科的成績也是最好的。她夢想當一個漫畫家，中學畢業之後，卻進了銀行當營業員，每天爲了生活而營營役役。

『你有學過畫畫嗎？』阿蘇問。

『只是在中學時學過素描。』

『爲甚麼不去學呢？』

『本來想上師範學院美術系的，可是，我中學會考的成績不太好。』

『你很有天分。』

『眞的？你不是騙我吧？』

『你好像特別愛畫行李箱。你畫中的男孩子和女孩子都拖著不同的行李箱，連貓和狗也有自己的行李箱。』

『嗯，我喜歡美麗的行李箱。』

『可是，連鱷魚也有一個漂亮的行李箱，不是很奇怪嗎？』

余寶正羞澀地笑了。這些漫畫，她從來沒有拿給別人看，包括朱庭鏗。她愛畫行李箱，已經成了習慣，自己並不曾特別去想爲甚麼這樣，反而阿蘇留意到了。

『也許是心底裡常常渴望去流浪吧。』她說。

『你的筆名是泡泡魚嗎？』阿蘇看到了她在每張畫上的簽名。

『是的，我姓余嘛，英文譯名又有Po這個字，索性就叫泡泡魚。』

『還以爲你喜歡浸泡泡浴和吃魚呢。』

『兩樣我都喜歡啊，我愛吃銀鱈魚、雞、牛肉……其實我甚麼都愛吃。』

『眞的？』

『嗯。』

阿蘇從畫箱後面拿了一個膠袋出來，裡面有一塊牛排、一尾魚和幾隻雞腿。

『你爲甚麼會有這些的？』

『是今天的晚餐。我正要回家做飯，你要來嗎？』阿蘇站起來收拾地上的油畫。

『嗯。沒想到你會做菜。』

『我在義大利時當過餐館學徒的。走吧。』

『知道了。』余寶正拿著自己的漫畫簿跟在後面。

阿蘇住在一幢舊房子裡，房東是一對愛爾蘭籍的夫婦，他們今天出去看電影了。

阿蘇做了五個菜：蔬菜沙拉、牛油煎鱈魚、烤嫩牛肉、番茄醬蛤蜊細麵、蘑菇燴雞腿。

『我們兩個人吃這麼多？』余寶正問。

『你太瘦了。』

『才不呢！我五呎四吋，重一百零八磅呢，要減肥。』

『你一點也不胖，吃東西是一件很開心的事。』

『如果我變成你畫中那個胖女人，我才不會開心呢。』

余寶正吃了一口雞腿，讚歎地說：『很好吃啊！』

『多吃一點吧。我今天賣了五張畫。』

『假如有天我成名了，我也請你吃一頓豐富的。』

『畫畫不一定要成名的。』

『你不想成名嗎？』

『我根本沒想過這個問題，我就是喜歡畫畫，畫畫對我來說，是一種需要和享受，就像我愛下廚和吃東西。』

『你的想法太簡單了。』

『簡單不好嗎？』阿蘇搔搔頭，說。

她望著他，問：『你幾歲？』

『二十二歲。』

『跟我一樣呢。』然後，她又問：『你的女朋友都是很胖的嗎？』

『也沒胖到那個程度。』

兩個人同時笑了起來。她望著他，忽然意識到自己所以為的複雜，是多麼的膚淺。眼前這個跟她同年的男人，卻能夠活得天眞和自由，他就像他畫筆下那些胖女人，是快樂而獨一無二的。和他比較起來，朱庭鏗的世界就顯得太小了。

她看看桌上的盤子，都是空空的，東西都給她吃進肚子裡了。

她抗議：『你害死我了！我本來要減肥的。』

『還有甜品。』

『我眞的不行了。』她投降。

『你一定要嚐一口，是我做的德國蛋糕。』

『德國人不是只喜歡吃香腸的嗎？』

『他們也很愛吃蛋糕的。』

『你爲甚麼會做德國蛋糕？』

『我在德國待過一段日子，學會了做這個李子蛋糕。』阿蘇從廚房端出一個蛋糕來，上面滿滿的鋪著一片片李子，李子上撒上肉桂，搭配著發泡的鮮奶油。

『蛋糕是昨天做的，熱吃不錯，但放一天之後，淋上新鮮的奶油冷吃，又是另一種風味。』阿蘇切了一片蛋糕放在余寶正的碟子裡。

『嗯。肉桂和李子的味道很香。』余寶正吃了一口蛋糕。

『怎麼樣？』

『不是太甜，很好呢。』

『德國蛋糕就是不會太甜。』

『秋天李子豐收的時候，德國主婦都愛在家裡做這個蛋糕，所以它算是最德國的蛋糕。』

『你通常會在一個地方待多久？』她問。

『說不定的。』

『但是，一定會走的，對嗎？』她有點傷感。

『走了也可以回來的呀。也許有一天，我們會在另一個地方相見。』

『也許吧。』她抬頭望著阿蘇，他天眞的臉容就是投在她心上的那枚炸彈，把她整個人一下子都炸得粉碎了。

『還要一片蛋糕嗎？』他問。

『不，我回家了。』她抱著公事包，站起來說。

她把公事包抱在胸前，匆匆從他家裡跑出來。她並沒有回家，而是跑到電台直播室去。

『你幹嗎突然跑來？』夏心桔問。

『表姐，我想我是在談戀愛了。』她喘著氣說。

『你不錯是在跟朱庭鏗談戀愛呀。』

『不是他，是一個在街頭賣畫的畫家。』

『畫家？』

『第一次遇到他，我已經想拋棄朱庭鏗，第二次見到他，我想拋棄所有一切。就是這種感覺！』

『你第幾次見他？』

『今天晚上，是第二次。我剛剛在他家裡吃飯。』

『那你爲甚麼跑來？』

『再不走的話，我會失身的。我想，要失身的話，也該等到第三次見面，這樣比較有點矜持。放心吧！第三次見面，我一定會飽嘗獸欲才走的。』

夏心桔笑了：『你這樣也算矜持？』

第二天，余寶正本來是要去找阿蘇的。可是，醒來的時候，她頭痛得很厲害，不知道是重感冒還是熱戀過了頭，就是起不了床。

在床上躺了三天，終於好了一點。黃昏的時候，她爬下床，換了衣服，去找阿蘇。

可是，到了他往常擺攤的地方，卻見不到他。

她來到他住的房子，房東太太說，阿蘇昨天已經離開了。

她哭了，他爲甚麼不告訴她一聲呢？他就像會魔法似的，突然在她生命中出現，又乍然離別。他到底是甚麼人？

週末，在假日海岸酒店的房間裡，她跟朱庭鏗說：『我們分手吧。』

朱庭鏗呆住了：『爲甚麼？』

『我不知道怎樣說，總之，我覺得已經不是那回事了。』

朱庭鏗哭著問：『是不是有第三者？』

『他已經走了。』

『他是誰？』

『也許是我自己吧。』

在義大利餐廳裡，余寶正愉快地吃著蘑菇燴雞腿。

『你今天吃了很多東西呢！不是常常嚷著要減肥的嗎？』夏心桔問。

『不減了。女人要胖一點才好看，美食是最大的享受。』

『是那個畫家說的嗎？』

余寶正微笑著說：『我報名了美術專科的兩年制課程。』

『銀行的工作呢？』

『我辭職了，到漫畫社去當助理，就是有炸彈的那一家，可能是感激我救了他們一命吧，所以，雖然沒有經驗，他們也肯讓我試試。』

『薪水夠用嗎？』

『不夠用，但我有積蓄。』她滿懷憧憬。

『那很好呀！不是每個人都可以放棄目前擁有的東西而去追求夢想的。』

『表姐，你吃過德國李子蛋糕嗎？』

夏心桔搖了搖頭，問：『是怎樣的？很好吃的嗎？』

余寶正咬著叉子，笑笑說：『那得要看是誰做的。』

到美專上課的第一天晚上，余寶正在 Starbucks 買了一杯 expresso，她又變回一個學生了，夏心桔說得並不對，她沒有放棄一些甚麼，她根本從未擁有任何東西。現在開始的一切，才是她擁有的。她現在有一百一十五磅，堅實而渾圓，有一天，當她和阿蘇在某個國度裡重逢，他一定再也捨不得把她丟下。

2.

『聽說義大利拿坡里的檸檬比橙還要大。』巴士上，唐紀和跟李傳芳說。

『眞的？』

『拿坡里的特產血橙，聽說比西柚還要大。』唐紀和又說。

李傳芳笑了：『那麼，拿波里的西柚，會不會比西瓜還要大？』

『這個我倒沒聽過。』

『你見過拿坡里的檸檬嗎？』李傳芳問。

『沒有呀！有機會去義大利的話，我會去看看。』

『如果可以去義大利，我要先去羅馬和佛羅倫斯。』李傳芳嚮往地說。

『好吧，有機會我們一起去。』唐紀和微笑說。

李傳芳笑笑沒有回答。巴士停了下來，她站起來，說：

『我到了。』

唐紀和連忙站起身，說：『我也要下車。』

『你不是再過兩個站才下車的嗎？』

『走走路，可以減肥。』

『你已經很瘦了。』

個子高高的唐紀和，身上沒有半分多餘的肉。減肥，眞是個太差勁的藉口了。

下車之後，唐紀和忽然問李傳芳：

『你是雙魚座的吧？』

『嗯。』

『我是巨蟹座。星座書說，巨蟹座跟雙魚座最好的關係是情人。』

『你也看星座書的嗎？』

『是聽我妹妹說的。』

到了公寓外面，李傳芳說：

『我到了，明天見。』

『明天見。』

李傳芳回過頭去，發現唐紀和依然站在那裡，微笑跟她揮手，好像根本不打算離開。

唐紀和是喜歡了她嗎？如果不是有意思，怎麼會每天也故意等她一起下課，然後一起坐車回家？可惜，唐紀和不是她那一類型，看來他是白費心機了。

唐紀和是李傳芳在美專的同學。開課幾個月了，他們兩個，還有另外兩個同學余寶正和王日宇，是比較談得來的。唐紀和對她，好像有點與別不同，他從來沒有約會她，可是，他跟她說話的語氣，總是特別親暱。

一年前，李傳芳才跟楊志鵬分了手，那天，也是在巴士上。

『你想要一個怎樣的人生？』她問。

『我沒有想過。』楊志鵬說。然後，他搭著她的肩膀說：『大概是一個跟你一起的人生吧。』

一瞬間，她想到以後幾十年的人生，就是陪著楊志鵬看她自己從來不喜歡的足球比賽，每一次逛街，也是陪他去看音響，並且忍受他是一個沒有甚麼夢想的人。

她實在不敢想像以後的人生。

『如果我殺了人，你會怎樣？』她問楊志鵬。

『你怎會殺人？』

『我是說如果。』

『那就勸你自首。』

『為甚麼要自首？』

『那是為你好，自首可以減刑。』楊志鵬說。

她不想要這樣一個男人。她要的男人，是在她殺了人之後，會替她埋屍，而不是勸她自首。即使不埋屍的話，也會替她頂罪。

『勸你自首的男人，才是愛你的。』楊志鵬說。

『不！』她說。

替她埋屍、頂罪、帶著她逃亡的男人，才是愛她的。

『我們要在這裡下車了。』楊志鵬說。

李傳芳絕望地看著他，說：

『是的，要下車了。我們就在這裡分手吧。』

『爲甚麼？就是因爲我勸你自首？』

這個也許不是全部的理由。當你對一個人已經沒有感覺了，你會找到許多理由不去愛他。

離開楊志鵬之後，李傳芳到美專去報名，她想過另一種人生。

這天上課之前，唐紀和把一袋重甸甸的東西放在她面前。

『給你的。』他說。

『甚麼來的？』李傳芳打開袋子看看，原來是一堆新鮮的檸檬。

『為甚麼送檸檬給我?』

『本來想送花的，但是，花沒有甚麼特別。』

『這又不是拿坡里的檸檬。』

『那個將來再送給你吧。』

『這麼多檸檬，我一個人怎麼吃?』

『不是用來吃的。』

『難道是用來敷面的嗎?』

『你這麼漂亮，不用敷面了。把這些檸檬用一個玻璃碗裝著，放在家裡，比鮮花還要漂亮。而且，檸檬比花便宜，還可以吃，又不會凋謝。』

『你倒是精打細算。』李傳芳揶揄他。

余寶正走了過來，說：

『為甚麼只送給李傳芳，不送給我?』

唐紀和微笑不語，走開了。

正。

『你說唐紀和是不是喜歡了我？』在Starbucks喝咖啡的時候，李傳芳問余寶正。

余寶正笑了：『誰都看得出來吧。』

『但是，他並沒有追求我。在言語上討便宜，算是甚麼意思？』

『可能他在試探你吧。你喜歡他嗎？』

『沒有感覺。』她高傲地說。

『你可不要到頭來喜歡了他啊。』

『我才不會呢。』

回到家裡，李傳芳把那袋檸檬扔進冰箱裡。

第二天，在學校裡，唐紀和走過來問她：

『那些檸檬好看嗎？』

『好看？你應該問好不好吃，我媽媽用來做了檸檬雞。』她故意騙他。

唐紀和怔住了片刻。

在巴士上，沉默像一片烏雲，橫在他們之間。

『我下車了。』李傳芳站起來。

『喔，明天見。』唐紀和冷淡地說。

這一次，唐紀和沒有跟她一起下車。那段回家的路，是她走慣了的，不知道爲甚麼，今天晚上，她覺得那段路比平常孤單。

唐紀和是在生她的氣嗎？他要生氣儘管生氣吧，她才不在乎。

隔天回到學校，唐紀和的座位是空著的。

『他打電話給我，說他生病了。』余寶正說。

他不是氣得生病吧？但他爲甚麼要跟余寶正說，而不跟她說呢？

上課的時候，李傳芳常常望著那個空了的座位。她覺得很內疚。是內疚嗎？她分不清是內疚還是思念。

放學之後，李傳芳一個人去坐巴士。就在那個時候，她遠遠的看到唐紀和就在車站。她走近點看，他穿上大衣，鼻子紅通通的，樣子有點憔悴，看來眞的是生病

了。

『你爲甚麼會在這裡？』她問。

『本來想回去上課的，趕不及了，只好在這裡等你一起回家。』

『你不是生病嗎？』

『就是想傳染你。』他嘻皮笑臉的說。

『你這個人的心腸眞壞。』

『你喜歡心腸壞的男人嗎？』

『我喜歡死心塌地的。』

『我剛好就是這種人。』

『你女朋友眞是幸福。』

『我沒有女朋友。』

『那就奇怪了，你挺會說甜言蜜語。』

『我是遇到喜歡的人才會說的。』唐紀和認眞地說。

『喔，是嗎？』她沒好氣地答著。
『你的香水很香。』他說。
『你不是傷風嗎？』
『就是傷風也可以聞得到。這是甚麼香水？』
『不告訴你。』
『爲甚麼你天天也灑同一種香水，不換一下別的味道？』
『有些東西是不需要換的。』李傳芳說。
『是有原因的嗎？』
李傳芳低了低頭，又抬起來，始終沒有回答。
『對了，你在學校裡有沒有聽到一個傳聞？』唐紀和問。
『甚麼傳聞？』
『他們都說我們在戀愛。』
李傳芳的臉紅了，這個唐紀和分明是在試探她。

『我從來沒有聽過，這根本不是事實。』她說。

『你是不會考慮我的吧？』唐紀和半帶認真地問。

『你真的想知道答案嗎？』

這個時候，唐紀和卻指著剛剛來到的巴士，說：『到了。』

夜裡，唐紀和一個人坐在狹小的房間裡，一邊用電腦做功課，一邊聽著夏心桔的Channel A。

一個女孩子打電話到節目裡說：

『我不知道他是否喜歡了我。』

『你看不出來的嗎？』夏心桔說。

『他對我好像特別的好，他會故意走來跟我說：「其他人都說我們在戀愛，你說呢？」可是，他又從來不約會我。』

『你喜歡他嗎？』

『本來不喜歡的，現在卻有一點點。』

Richard Marks的〈Right Here Waiting〉從收音機裡流洩出來，唐紀和著迷地笑了。房間外面，他兩個妹妹在聊天。他聽到她們在討論他。

『他天天也在家裡，怎會有女朋友？』他大妹妹說。

『他人這麼孤獨，又不愛說話，有女孩子喜歡他才怪！』他二妹妹說。

在家裡，他是個沉默的人，沒有人了解眞正的他。這樣更好，他有更多的自我。

李傳芳躺在床上，臉上鋪著四片新鮮的檸檬。唐紀和說她長得這麼漂亮，不需要用檸檬敷面，他是恭維，還是眞心的？那些，大概都是調情吧？

今天晚上，她有點想念唐紀和。被調戲的女人，原來是幸福的。愛情也總是在患得患失的時候最美好。如果永遠沒有開始，也永遠不會消逝。可是，誰又會捺得住不去開始呢？

Richard Marks的〈Right Here Waiting〉在空氣裡流蕩。一個女孩子在節目裡說，有一個男人好像對她有意思。這個故事怎麼好像她自己的故事？

她拿走臉上的檸檬，走到衣櫃前面，挑選明天的衣服。

『你穿得愈來愈漂亮了，是穿給我看的嗎？』上課時，唐紀和悄悄在她耳邊說。

『誰說是穿給你看的？』她不肯承認。

與其說是穿給唐紀和看，不如說，她這一身衣服，是爲愛情而穿的。

週末的時候，她和余寶正去逛 **Esprit**，她挑了好幾套衣服。

『你近來常常買衣服，是在戀愛吧？』余寶正問。

『沒有呀，唐紀和又沒有追求我。』

『可是，他已經引起你注意了。』

『會不會有這種男人？他故意調戲你，然後等你追求他。』

『這種男人最討厭了。』

『你想要一個怎樣的男人？』

『會燒菜的，而且廚藝一流。』余寶正說。

『就這麼簡單？』

『會燒菜的男人才不簡單呢。將來，等他有了自己的餐廳，我還可以在牆壁上畫畫。』

『你想得眞遠。』

『你呢？你喜歡怎樣的男人？』

『我遇過一個很可愛的男人。那天，是我們初次約會，我們去吃西班牙菜，我滔滔不絕的說了很多關於自己的事，說了不知多久，大概也有一、兩個小時吧。忽然之間，他站起來，臉部的表情扭曲成一團，雙手按在肚子下面，說：「不行了！我要上廁所。」原來，他一直也想去尿尿，他忍了很久。』

『他爲甚麼要忍？』

『因爲他看見我說得那樣高興，不忍心打斷我。這種男人是不是傻得很深情？』

『要傻得這樣深情，也要有一個容量特大的膀胱才可以啊。』余寶正說。

李傳芳笑了，那個人就是楊志鵬。最初的愛情，總是教人回味的。可惜，後

來，她又嫌他太傻了，他連自己想要一個怎樣的人生也不知道。

從試身室走出來，李傳芳瞥見一個人，那不就是楊志鵬嗎？楊志鵬身上穿著一件粉藍色的、手織的毛衣，胸前編了一隻蠍子，跟一個女孩子手牽著手逛街。那件毛衣的袖子上有他的英文姓名簡寫。

分手的時候，他不是很傷心的嗎？他這麼快已經又再戀愛了，還穿著那個女人編的毛衣。

李傳芳連忙把余寶正拉進試身室裡關起門來。

『甚麼事？』余寶正問。

『我見到以前的男朋友。』李傳芳小聲的說。

『天蠍座那個？』

『你怎知道他是天蠍座的？』

『他那件毛衣上面織了一隻大大的蠍子，誰都知道他是天蠍座吧？他跟一個女人一起呢。』

李傳芳看了看鏡子，沮喪地說：『我現在不能出去，我今天的樣子不好看。』

『嗚……嗚……嗚……』在Starbucks裡，李傳芳低著頭飲泣。

『他就是爲你忍著不上廁所的那個人？』余寶正問。

『嗯。』

『是你不要他的，現在爲甚麼又哭？』

『他怎麼可以那麼快愛上別人！』

『要多久才不算快呢？』

『起碼也要五到十年吧。』

余寶正笑笑說：『我也是這樣想。那個給我拋棄的男人，要用五到十年時間才可以愛另一個人。然而，他要用一輩子，才可以把我忘記。』

『或者，他會拒絕其他女人，一直等我。』李傳芳說。

『這樣的機率未免太低了吧？不會有這種男人的。』余寶正說。

今天晚上，她徹夜思念著唐紀和。床邊的電話響起，是唐紀和打來的。沒等他

說話，她首先說：『可以陪我出去逛逛嗎？』

唐紀和在街上等她。李傳芳穿了今天才買的一條青綠色裙子，像個鮮嫩的青蘋果，從公寓裡走出來。

『這麼晚找我，是不是想念我？』唐紀和調侃她。

『你不想見我嗎？』

『我怕你不想見我呢。』他調皮地說。

『你是不是喜歡我？』她直截了當的問。

唐紀和的臉漲紅了。半晌，他結結巴巴地說：『我想，你誤會了。』

『我誤會？』李傳芳難堪得無地自容，她覺得自己好像一下子變成了一個爛蘋果。

『我們是很談得來，但我沒那個意思。』

『那你爲甚麼跟我說那種話？爲甚麼每天和我一起坐車，又提早下車？爲甚麼說雙魚座跟巨蟹座是最好的情人。你到底想怎樣？』她質問他。

『對不起，我只是跟你說笑。』唐紀和怯怯的說。

『說笑？我今天實在過得太好了！謝謝你！』她羞憤地跑回家去。

很長的一段日子，在學校裡，她和唐紀和沒有再像從前那樣聊天，他也沒有陪她一起坐車。

爲甚麼當她喜歡了他，他又要否認呢？

她恨死這個唐紀和，可是，一個人坐巴士回家的晚上，她又會懷念他在身邊的日子。她回味著他的甜言蜜語，還有他在公寓外面癡癡地向她揮手的那一幕。她懷念他所送的每一個檸檬。

後來有一天，唐紀和跟她一起坐巴士回家。他們肩並肩坐著，他收起了從前的輕佻，誠懇的問：

『你還在生我的氣嗎？』

『沒有了。』她笑了笑。

『眞的很抱歉。』

她聳聳肩膀，說：『沒甚麼好抱歉的。』

『我下車了。』她說。

『你還沒到呢。』

『我要去買點東西。明天見。』

『明天見。』

李傳芳在超級市場買了一大包新鮮的檸檬。她忽然明白了唐紀和這種男人，他在家裡也許是個沉默的人，他裝得那樣輕佻，只是掩飾自己的膽小。他喜歡調情，卻沒有膽量去愛。萬一她殺了人，唐紀和絕對不會叫她去自首，他會去舉報她。

她把檸檬放在一個玻璃碗裡，檸檬的香味，清新了她那狹小的房子。唐紀和說得對，檸檬比花美好，它不會凋謝。她有點想念她從沒見過的、那些拿坡里的檸檬。

3.

漫畫社附近的一條小路上，本來有一家魔術用品店的，自從一年前結業之後，舖位一直荒廢著，門前的郵箱塞了大堆信件，捲閘上貼滿了招租廣告和一張已經斑駁發黃的歇業啓事。

從前，何祖康總愛在店裡流連，他在這裡買過一套魔術環和一副魔術撲克。他不太會玩魔術，但從小就喜歡看魔術表演，他向來喜歡虛幻的東西，大概也因爲這個緣故，他選擇了畫漫畫。

魔術用品店消失之後，這條小路也變得寂寥了，好像缺少了一點夢幻的色彩，這點色彩卻偏偏是生命的調劑。

直到一天傍晚，何祖康和余寶正一起離開漫畫社，經過這條小路的時候，發現工人正在店裡裝潢。

『這個舖位終於租出去了，你猜會是開甚麼店呢？』余寶正問。

何祖康探頭進去瞧瞧，只看到裡面沙塵滾滾。

『會不會也是魔術用品店？』他說。

『不太可能吧？這種生意賺不了多少錢。』余寶正說。

『模型店也不錯。』何祖康說。

『希望是寵物店吧。那麼，悶的時候可以來這裡逗逗小狗。』

『開畫廊也不錯。』

『要是開出租書店，不是更好嗎？』余寶正憧憬著。

一個秋涼的日子，何祖康熬完了通宵，打那條小路去坐巴士的時候，嗅到一股讓人垂涎欲滴的香味。他抬起頭看看，發現荒蕪了多時的魔術用品店一夜之間變成了一家蛋糕店，名字叫**Konditorei**。

他往裡面看，布置簡潔的蛋糕店內，放著一個玻璃櫃和幾張小小的咖啡桌。玻璃櫃裡的蛋糕，是他從來沒見過的，這不免引起了他的好奇心。他走進去，佇立在玻璃櫃前面，低下頭仔細研究那些蛋糕。

『歡迎光臨！』一個女孩子從店後面走出來，用愉悅甜美的聲音說。

何祖康抬起頭，看到面前這個蓄著長髮，身上穿著白色圍裙的女孩子，不禁張大了嘴巴。

女孩看見他，露出詫異的神情。

『你是何祖康？』

『你是蘇綺詩？』

『眞巧！竟然在這裡碰到你。你長大了很多啊！如果不是你那兩個註冊商標的大眼袋，我差點兒認不出你來呢。』

『你也長大了很多。』何祖康說。

『你還有見兒童合唱團的朋友嗎？』

『退團之後，就沒見過了。你呢？』

『以前還有見面，這幾年大家都忙，也少見面了。我們也有談起過你啊。你知道吧，很多女孩子也喜歡你，你以前長得胖胖的，很可愛。』

何祖康靦腆地笑笑。

『你要不要試試我們的蛋糕？』

『這些是甚麼蛋糕？樣子很奇怪。』

『我們賣的是德國蛋糕，好像是香港唯一一家。』

『怪不得。』

『老闆娘是從德國回來的香港人，嫁了一位德國丈夫，長得很帥的呢！他身材很高，大概有一米九吧？比你高出一個頭。』

何祖康雙手插著褲袋，尷尬地說：

『我就是屬於短小精幹那一類。』

『你要吃甚麼蛋糕？』

『哪一種最好吃？』

『我喜歡洋蔥蛋糕，如果你不怕有口氣的話。』蘇綺詩把蛋糕從玻璃櫃裡拿出來，說：『是用了大量洋蔥和煙燻肉做材料的，很香。』

『喔，好吧，我就要這個。』

『你住在這附近嗎？』

『不，我在這附近上班。』

『你做甚麼工作？』

『畫漫畫。』

『哪一本漫畫是你畫的？』

『我只是個助理，還沒有自己的作品。』

蘇綺詩把包好了的蛋糕交給何祖康，問：『你現在要上班了嗎？』

『我是剛下班，我們常常要熬夜的。』

『好吃的話，再來光顧。』蘇綺詩微笑著說。

從店裡走出來，蛋糕拿在手中，何祖康踏著輕快的步伐走在人行道上，口裡一直哼著歌，那是他在兒童合唱團裡常常唱的一支歌。那個時候，喜歡唱歌的媽媽，以爲自己的兒子也將會成爲歌唱家，繼承她未了的心願，所以把他送到合唱團去。

那時他才七歲，蘇綺詩跟他同年。她從小就長得很漂亮，他總愛偷偷的望她，她卻不大搭理他。後來，她退團了，他以爲再也見不到她。

『來吃蛋糕！』他回到漫畫社。

『你不是已經走了嗎？』靠在沙發上的余寶正，抬起疲倦的眼皮問。

『那家魔術用品店變成蛋糕店了。』他一邊說一邊打開蛋糕的盒子。

余寶正走過去瞧瞧那個蛋糕：『洋蔥蛋糕，還是頭一次見啊！咦？有煙燻肉的，你不是吃素的嗎？』

『我買給你吃的。』

『爲甚麼忽然對我這麼好？』她一臉狐疑。

『我對你一向也不壞吧？你畢竟是我的救命恩人。』何祖康躺在沙發上，雙手

靠在腦後，望著天花板微笑。

『你笑甚麼？』余寶正問。她捧著一片蛋糕，坐到沙發的另一端。

『我算不算矮？』

『五呎七吋，也不算矮。』

『女人是不是都喜歡高大的男人？』

『那不是一個選擇，只是一個偶然。我以前的男朋友也長得很高，那又怎樣，不也是給我拋棄嗎？你的問題不是個子不夠高，而是沒有安全感。』她白了他一眼。

何祖康緊張地問：『我是嗎？』

余寶正點了點頭。

『爲甚麼？』

『那很難解釋吧？獅子看來很有安全感，而兔子卻沒有，這就是天性。』

『我怎麼會是兔子？最起碼也是一隻山羊吧？』

余寶正笑了起來：『你是熊貓才對。』

『熊貓有安全感嗎？』

『沒安全感也沒關係，罕有嘛！』

何祖康臉上泛起笑容：『說的也是。』

余寶正忽然說：『我發現世上有兩種動物是最容易由人假扮的。』

『我知道！是米奇老鼠和唐老鴨。』

余寶正沒好氣的說：『是熊貓和企鵝！站遠一點看，真是絕對看不出來的啊。』

『你不要瘋瘋癲癲好不好？女孩子該要斯文一點才討人歡喜。』

余寶正把何祖康從沙發推到地上，說：

『你才是瘋瘋癲癲。』

掉在地上的何祖康，還是傻傻的望著天花板微笑。

隔天，何祖康又來到蛋糕店。

『那個洋蔥蛋糕好吃嗎？』蘇綺詩問。

『喔，很好。』

『要不要試試馬鈴薯蛋糕，剛剛做好的，趁熱吃最好。』

『好的，給我一個。』

『你眞的很喜歡吃蛋糕。』

『我一個人可以吃下一個。』

『但是馬鈴薯的澱粉質很高，會很飽的。』

『沒問題。』

那天晚上，他一個人吃下了整個馬鈴薯蛋糕，肚子撐得像個皮球，卻有一種幸福的感覺。本來以爲永不相見的人，又再一次在他的生活裡出現，那不是機緣又是甚麼？

第二天，何祖康又買了一個香酥蘋果蛋糕。他幾乎每一天都會到蛋糕店去，有時會進去喝一杯咖啡。有時候，他會在蛋糕店正好關門的時候假裝經過，那便可以跟蘇綺詩一起在巴士站等車。有些時候，他只是偷偷的站在對面人行道上，看著她在店裡忙碌的樣子。

一天，余寶正跟他說：

『你最近好像胖了很多。吃素也可以吃得這麼胖，可能是天生肥胖吧。』

『你才是！』

『你以前的女朋友，你還有掛念她嗎？』

『關你甚麼事？』

『還想向你報告一下她的近況呢。』

『她怎麼樣？』

『最近有好幾次都碰到她和教我們攝影的老師一起放學，那人很有型的。你是熊貓，人家是一匹駿馬呢。』余寶正偷看他的表情。

何祖康聳聳肩膀：『我們已經分開很久了。』

聽見徐雲欣跟另一個男人一起，何祖康難免有點不是味兒。大家已經是兩個世

界的人，也已經很陌生了。有風度的話，應該希望她幸福，可是，這一刻，他有一點酸澀的感覺。

這天晚上，何祖康經過蛋糕店的時候，蛋糕店已經關門了，他聽到裡面傳來女孩子的哭聲。他敲了敲那道門，蘇綺詩來開門的時候，眼睛濕濕的。

『你沒事吧？』他關心的問。

『你要進來喝杯咖啡嗎？』她沙啞著聲音問。

他走了進去，坐在咖啡桌旁邊，說：

『還以為你已經走了。』

『我沒地方去。』蘇綺詩倒了一杯熱咖啡給何祖康。

何祖康喝了一口，幾乎嗆到了：『咖啡裡好像有酒。』

『我在咖啡裡加了肉桂和白蘭地，我喜歡這種喝法。要不要給你換過一杯？』

『不用了，這個喝法也不錯。』

蘇綺詩低著頭喝咖啡。一陣沉默之後，何祖康首先說：

『你有沒有發覺世上有兩種動物是最容易由人假扮的？』
『哪兩種？』
『你猜猜。』
『米奇老鼠跟米妮？』
『是熊貓跟企鵝！站遠一點看，眞是絕對看不出來的！』何祖康咯咯地笑。
蘇綺詩終於笑了：『你很幽默。』
『過獎！過獎！』
『你有女朋友嗎？』
何祖康搖搖頭。
『我一直在想，到底甚麼是愛情呢？』她哽咽著說。
『每個時候，都會有不同答案的。』
『愛情也許就是牽掛吧。即使分開了，你還是會牽掛著他。』
他的心，忽然難過地扯動了一下。

『你心裡牽掛著別人嗎？』他苦澀地問。

『他是我以前在時裝店工作時認識的。那天，我在他家裡的時候，他女朋友剛好走上來，撞見了我們。她走了出去，他也撇下我追了出去。』

『你不知道他有女朋友的嗎？』

『我知道。他們一起很多年了，我一直以爲他會離開她，但是，那天之後，我知道不可能了。我看得出他很愛她，我永遠也沒法跟她比。』她說著說著哭了起來。

『不要這樣。』他拍拍她的肩膀。

她的眼淚滔滔地湧出來：『你可以幫我打電話給他嗎？』

『我？跟他說甚麼？』他吃驚地問。

『你假裝打錯電話就好了，我只是想聽聽他的聲音。』

『那好吧。我找誰呢？』

『隨便找一個人吧。』

蘇綺詩用免提話筒撥出了一個電話號碼，那一頭傳來一個男人的聲音。

『我想找余寶正。』何祖康說。

『你打錯電話了。』對方說。

『喔，對不起。』何祖康把電話掛掉。

『再打一次可以嗎？』蘇綺詩求他。

她重撥一次電話號碼。那一頭傳來那個男人的聲音。

『我想找余寶正。』何祖康說。

『你到底打幾號電話？你打錯了。』對方說。

『喔，對不起。』何祖康掛斷電話。

蘇綺詩抹去臉上的淚水：『我現在好多了，謝謝你。』

她忽然問：『余寶正是誰？』

『是我朋友。要不要我再幫你打一次？』

『不用了。』她感激地朝他微笑。

『喂！余寶正嗎？』何祖康在街上打電話給余寶正，問：『你要不要去唱KTV？』

她在電話那一頭說：『我就在KTV，只有我一個人，你要不要來？』

他們在KTV裡唱了一整個晚上的歌。

『沒想到你歌唱得不錯。』余寶正說。

『我以前是兒童合唱團的。』

『兒童合唱團好玩嗎？』

『嗯。那時候，團裡有一個很漂亮的女孩子，我常常想保護她。』

『然後呢？』

『她離開了合唱團。她離開不久，我就變聲了。一般男孩子都是在發育時變聲的，我卻在發育前變聲，團長也覺得很奇怪。我由男高音變成男低音，只好退出。』

『會不會是她的離開令你的聲音也變了？』

『現在想起來，也許是這個原因。』

『你還有見她嗎？』

『她已經長大了，不用我保護。』他酸溜溜地說。

『那你保護我吧！如果不是我，你早就給炸死了。』

何祖康自顧自的唱著歌。音樂停頓的片刻，他聽到余寶正的啜泣聲。

『你爲甚麼哭？』他愣住了。

『今天，我打電話找以前的男朋友，看看他最近過得怎麼樣。因爲，畢竟是我拋棄他的。可是他竟然對我很冷淡。』

『你並不是想知道他過得怎麼樣，你只是想聽到沒有你之後，他日子過得並不好。』何祖康說。

『誰說的？』余寶正無法否認，也不願意承認。

『人就是這麼自以爲是。』

『他也用不著對我這麼冷淡吧。』

『難道你還要他說很掛念你，哀求你回去嗎？』

『難道你不會等一個你深愛的人回來嗎？』

『我還沒遇到我想等的人。』

『那即是說，你也會等吧？』

『等待是很個人的事，不一定要告訴對方。』

『你不說，他怎麼知道呢？』

『有些事情，說出來便沒意思了。』

她別過臉去，訥訥地說：『甚麼都藏在心裡，別人怎會知道？』

『你可以幫我打一個電話嗎？』他忽然問。

『找誰？』

『隨便找一個人好了。』

他撥出了電話號碼，把話筒交給余寶正，然後把耳朵湊近話筒。

電話那一頭，傳來一個男人的聲音。

『喂，我想找余寶正。』余寶正說。

何祖康氣得嘴巴也張大了。

『你爲甚麼找自己？』

『是你說隨便找誰都可以的！』她搗著話筒說。

對方很不耐煩的說：『爲甚麼整天有人打來找余寶正！沒這個人！』

余寶正掛了電話，驚訝地問何祖康：

『到底是怎麼一回事？已經有很多人打這個電話找過我嗎？』

『是我。』

『你爲甚麼找我？』她忽然想到了，『你是想念我嗎？』

何祖康拿起麥克風，說：『我們繼續唱歌吧。』

『我很累了，你唱吧。』余寶正蜷縮在沙發上。

『我知道你爲甚麼常去買蛋糕了。』她揉揉眼睛說。

『爲甚麼？』

『蛋糕店那個女孩子長得很漂亮。』

『我只是喜歡吃那裡的蛋糕。』

『你最喜歡吃哪一種?』

『馬鈴薯蛋糕。』

『其實李子蛋糕更好吃。』

『你吃過嗎?』

『酸酸甜甜的,味道很特別,德國人喜歡秋天的時候吃它。』她說著說著睡了。

不知道過了多少時候,余寶正醒來,看到何祖康就軟癱在她腳邊睡著。她湊近他身邊,靜靜地傾聽著他的鼻息。她膝上的抱枕掉在地上,她彎下身去拾起來,戴在左手手腕上的一串銀手鐲碰撞在一起,噹啷噹啷的響。

他在矇矓間問:『甚麼聲音?』

她搖搖手腕:『昨天買的,好看嗎?』

他喃喃地說：『不錯。』

爲了怕吵醒他，她用右手握著左手手腕上的那串銀手鐲，看著再次沉睡的他，悄悄地呼吸著他的鼻息。

隔天，何祖康來到蛋糕店。

『今天想吃甚麼蛋糕？』蘇綺詩微笑著問。

他在玻璃櫃前面看了又看。

『平常不是很快可以決定的嗎？』

他靦腆地笑笑。

她把一個蛋糕拿出來，蛋糕的切口處呈現樹木的年輪狀：『這是年輪蛋糕，要這個好嗎？』

『今天，你可以陪我一起吃嗎？』

『好的。』

蘇綺詩切了兩片蛋糕，坐下來跟何祖康一起吃。

『這家店的名字爲甚麼叫 Konditorei？』他問。

『這是德文，意思是以賣蛋糕爲主的咖啡店。你有去過德國嗎？』

何祖康搖了搖頭。

『常常聽老闆娘提起德國，我也想去呢。想去不來梅看看童話村。』

『那時我們差點兒有機會去德國表演。』

『可惜後來取消了。』

『你記得在兒童合唱團裡唱過的歌嗎？』

『我們唱過很多歌。哪一首？』

『你記得哪一首？』

『〈Scarborough〉你記得嗎？』

何祖康用力地點頭：『我記得。』他唱了起來：『Are you going to Scarborough Fair? Parsley, sage, rosemary and thyme. Remember me to one who lives there...』

蘇綺詩拍著手，跟何祖康一起唱。他們有多少年沒唱這支歌了？他們微笑著，唱著童稚歲月的歌，唱著那個遙遠的地方。

何祖康看著那個年輪蛋糕，幸福地笑了。

當他回到漫畫社時，其他人都下班了。余寶正納悶地兩手支著頭，面前放著一個馬鈴薯蛋糕。

『你回來啦！生日快樂！』余寶正說。

『你怎麼知道我生日的？』

『他們說的，可是，他們都走了。』

『謝謝你。』他感動地說。

『是你最喜歡的馬鈴薯蛋糕。你打算怎樣報答我？』

『你想我怎樣報答你？除了我的人，甚麼也可以。』

『我才不要你的人。喜歡大眼袋的話，我不會養泡眼金魚嗎？』

『甚麼泡眼金魚？』

『就是眼睛下面有兩個超大眼袋的金魚。我這陣子在幫表姐寫一個廣播劇，你

有可以寫的愛情故事嗎？』

『我的故事都太可歌可泣了。』

他得意洋洋地躺在沙發上，雙手放在腦後，望著天花板微笑。他已經吃過生日蛋糕了，而且還唱了生日歌，只是蘇綺詩不知道今天是他的生日，唱的是一首毫不相干的歌。

『你有去過德國嗎？』他問。

『你想去德國？爲甚麼？』

『我喜歡的人也喜歡德國。』他說。

『喔，是嗎？是蛋糕店那個女孩子嗎？』

他微笑不語。

余寶正苦澀地低著頭吃蛋糕。

深秋降臨的那天，何祖康帶著小時候在兒童合唱團用的那本歌譜，滿懷高興地來到那條小路。

蛋糕店不見了，門上貼了一張歇業啓事。

他早知道蛋糕店的生意不好，只是沒想到它那麼快消失了。蘇綺詩爲甚麼不跟他說一聲呢？原來她心裡並沒有他。她是不是去了那遙遠的德國？還是Scarborough？

他本來是要和她重溫兒時的歌，或許唱一遍他喜歡的『Today』，那是一支離別的歌。

隆冬的日子，蛋糕店的郵箱塞滿信件，捲閘上貼滿了招租廣告，還有那張已經發黃殘舊的結業啓事。這條小路，重又變得荒蕪。

蛋糕店就像從前那家魔術用品店，倏忽的來，也倏忽消散，像夢幻那樣，來不及道一聲再見。它到底是否眞的存在過？

4.

李傳芳已經很久沒來過這家首飾店了。這裡賣的是少數民族風格的首飾，款式很別致，大部分是店主從外地搜購回來的。從前的店主是個泥土膚色、小個子、愛作吉卜賽打扮的女郎。店裡的櫃台上，恆常地放著幾本外國的星座書。

李傳芳走進去的時候，人面依舊，那位年輕女郎依然沒有放棄她鍾愛的吉卜賽打扮和耳垂上一雙誇張的大耳環。

『你是雙魚座的嗎？』女郎微笑問。

李傳芳詫異地問：『你怎麼知道的？』

『星座書說我今天會遇到很多雙魚座的人。』女郎頓了頓，又說：『雙魚座今天還會荷包大失血呢。』

李傳芳笑了笑，拿起一只刻了樸拙花紋的銀手鐲來看。隔著店裡的落地玻璃，她看到對面一家義大利餐廳裡走出一個人來。那個男人身上穿著白色的圍裙，在街上伸了個懶腰。

她放下手上的銀手鐲，男人透過落地玻璃看到了她，臉上露出驚訝的神情。

『我下次再來。』李傳芳跟女郎說。

女郎咕噥：『哎，不是說雙魚座今天會荷包大失血嗎？』

李傳芳從首飾店走出來，對街的男人朝她微笑。

『老師！』她輕輕的喊。

男人帶著靦腆的神色，說：

『很久沒見了。』

『你爲甚麼會在這裡？』她問。

『你吃了午飯沒有？』

李傳芳搖搖頭。

『進來吃點東西吧。』男人說。

李傳芳跟著男人走進這家家庭式裝潢，感覺很溫暖的餐廳。

『你要喝點甚麼？』他問。

『隨便吧。』

『Bellini好嗎？』

『甚麼是Bellini？』

『是威尼斯著名的飲料，用桃子汁和有氣泡的酒調成的。』

『嗯。』李傳芳點點頭。

男人在吧台調酒的時候，一個女孩子從廚房走出來，脫下身上的圍裙，跟男人說：『我出去了。』

當她看到李傳芳的時候，她問男人：

『還有客人嗎？』

『她是我從前的學生。』男人說。

女孩子跟李傳芳點了點頭，逕自出去了。

男人把一杯 **Bellini** 放在李傳芳面前，說：

『試試看。』

『謝謝你。她是你女朋友嗎？』

『她是我妹妹。』

『喔。』李傳芳尷尬地笑笑。

『今天的金鎗魚很肥美，吃金鎗魚義大利麵好嗎？』

『金鎗魚不是日本菜來的嗎？』

『義大利人也愛吃金鎗魚的。我們做的金鎗魚會微微烤熟，味道最鮮美。』

『很想吃呢！』李傳芳雀躍地拿起刀叉。

男人從廚房端出兩盤金鎗魚義大利麵來，說：

『這個本來是我的午餐。』

『這家餐廳是你的嗎？』

男人點了點頭。

『你不是在廣告公司上班的嗎？』

『兩年前辭職了。我和妹妹從小到大都喜歡吃東西，她的廚藝很出色，那時候她也剛好辭職，我們便開了這家餐廳。』

『生意好嗎？』

『好得很呢。』

『那不是很忙嗎？』

『但我喜歡這種生活。味道怎麼樣？好吃嗎？』

李傳芳用餐巾抹抹嘴巴，說：『很好吃呢！』

『麵條是我們自己做的。你剛才是想買首飾吧？』

『喔，我只是隨便看看，有朋友在店裡買了一串銀手鐲，很漂亮。』

『找到喜歡的嗎？』

李傳芳搖了搖頭：『我戴首飾不好看。』

男人微窘，問：『你是在念大學吧？』

『我沒考上大學，現在在美專念設計。我的成績一向不好。』

『念設計也不錯啊！』

『老師——』

『嗯？』

『你還是一個人嗎？』

男人微笑著，啜飲了一口Bellini。

她凝望著他，三年沒見了，他依然擁有著篤定的眼神，好像遺忘了光陰的流轉。

那時候，她在一所夜中學念中四。教數學的老師辭職了，那天晚上，新的老師會來上課。李傳芳跟其他同學在課室裡等著，她沒有太大的期望，她的數學成績一向很糟，也不被數學老師喜歡。

然而，杜一維把這個定律改變了。他捧著課本走進來的時候，害她的心噗咚噗咚的跳。他很年輕，像是個剛剛畢業的大學生，高個子配上一個接吻嘴，篤定的眼神裡有一種童稚的天眞，讓人很想親一下。

她雙手托著頭，被他深深地吸引著。

學校靠近山邊，那天的黃昏好像特別悠長，天際猶有一抹夕陽的餘暉。

『今天的落日很漂亮。』杜一維說。

班上有同學說：『可惜落日很快就會消失了。』

『我們可以製造自己的落日。』杜一維說。

然後，他問：『你們知道怎樣製造出來嗎？』

班上的同學都在搖頭。

『你們回去想想，我明天把答案告訴你們。』杜一維神神秘秘地說。

自己的落日？李傳芳壓根兒就沒想過。夜裡，她在一張畫紙上畫了一抹落日，然後笑了笑，不可能這麼簡單吧？

第二天上課的時候，杜一維問：

『你們想到了沒有？』

課室裡一片靜默。

杜一維走到學生中間，從提包裡拿出一個燈泡、一個電插座、一個杯子、一瓶水和一盒牛乳來。

燈泡插上電源發亮了，杜一維把水倒進杯子裡，在水裡加進幾滴牛乳。學生們圍在他身後。這個時候，杜一維透過杯子看燈泡，從杯子看到的燈泡，竟然是橙紅色的，像一輪落日染紅了天邊。他身邊的學生起鬨，搶著拿杯子來看落日。

輪到李傳芳了。看完那一輪奇妙的落日，她透過杯子，偷偷凝望著杜一維，想像她和這個會製造落日的男人之間的無限可能。

因爲有了他，從此之後，落日有了另一種意義。每天落日之後，才是一天的開始，她可以在課室裡和他度過一段短暫而愉快的時光。

爲了把這段時光延長，李傳芳會故意在下課之後留下來問功課。偌大的課室裡，常常只有他們兩個人，身體靠得很近。有生以來，她第一次感到需要有一種屬於自己的香味，一種能夠喚起愛情的香味。

她從來沒塗過香水，那天，她在百貨公司裡買了一瓶 **Nina Ricci** 的 **L'Air du Temps**。淡淡的玫瑰和梔子花香，配上磨砂玻璃瓶，瓶嘴是一雙比翼同飛的鴿子，美得像藝術品。

那個黃昏，香水灑落如雨，滴在她赤裸的身上，那股香味在空氣和她的皮膚上流連，散發著一種悠長的氣息。她第一次感到自己長大了，有了屬於女人的氣味。

課室裡只有她和杜一維，她的身體跟他靠得很近。對於她身上的味道，他卻似乎無動於衷。她故意拿起一本練習簿搧涼，香味隨風飄送到他的鼻孔裡，連她自己都有點微醺，他還是不解溫柔地教她做練習。

『老師，你白天做甚麼工作？』她問。

『我在廣告公司上班。』

『你為甚麼會來夜校教書？』

『也許是想體驗一下生活吧。你呢？你白天在哪裡上班？』

『我沒工作。老師，不如你給我一張名片，我可以去廣告公司找你吃午飯。』

『你應該利用白天多做一些練習。』他把一疊練習放在她面前，一本正經地說。

她失望地用手支著頭，看著他那管挺直的鼻子，很想用手指去戳一下，看看是不是壞了。

『老師，那個落日是怎樣做出來的？』她問。

『有些事情，說穿了便不好玩。』杜一維說。

『老師，你有女朋友嗎？』她忽然問。

他微笑不語。

她的臉漲紅了，沒想到自己會問得那麼直接。這到底是甚麼香水？喚起的竟只是自身的欲望。

後來有一天，放學的時候，她在學校外面看到杜一維的背影，她正想走上前叫他的時候，忽然聽見噹啷噹啷的聲音，一個長髮的女孩子站在對街，正向杜一維揮手，噹啷噹啷是她手上那串銀鐲互相碰撞的聲音。她身上掛著很多飾物，有項鍊、耳環，還有好幾枚戒指。杜一維跑了過去，女孩子的手親暱地穿過他的臂彎。

李傳芳悄悄地跟在他們後面，那個女人的笑聲很響亮，身上的飾物又吵，她聽不到他們說些甚麼。

她跟蹤他們來到一家開在小巷裡的首飾店。她站在對街，隔著落地玻璃，看到女人挑了一雙耳環戴在耳垂上，朝杜一維微笑，好像是徵求他的意見。杜一維用手輕輕地揉她的耳垂，很甜蜜的樣子。

她幽幽地離開了那條小巷。那個晚上，她抱著杜一維給她的數學練習，縮在被窩裡飲泣。練習簿上殘留著他的氣息，是教人傷心的氣息。那個女人有甚麼好呢？身上掛著那麼多首飾，俗氣得很。她恨杜一維的品味。

從此之後，她沒有再留下來問功課。下課之後，她總是第一個離開課室的。

一天，在學校的走廊上，杜一維關切地問她：

『你沒甚麼吧？』

她輕鬆地笑了笑，其實想哭。

她想，他還是關心我的吧？

一天晚上，杜一維遲到了很久。他進來課室的時候，神情憔悴，沒精打采。

放學之後，她跟在他後面。

『老師——』

『甚麼事？』他回過頭來，眼神有點茫然。

『我們一起走吧。』她默默走在他身邊。

他們走過一個小公園，蟋蟀在鳴叫，她嗅到他身上頹唐的氣息。

『你女朋友今天沒有來等你放學嗎？』她問，然後說：『早陣子我見過她在學校外面等你。』

『她走了。』悲傷的震顫。

『爲甚麼？』

他倒抽了一口氣，沒有回答。

『你不打算把她找回來嗎？』

『她去了很遠的地方。』

『她會回來的機率是多少？』

杜一維淒然笑了：『沒法計算。』

『你可是數學老師呢。』

『如果有負機率的話，也許就是負機率吧。』他哀哀地說，『或者，等你長大了，你可以告訴我，女人到底想要些甚麼。』

她不甘心地說：『我已經長大了，沒你想的那麼幼稚。』

『是嗎？對不起。』他咬咬嘴唇說。

她踮高腳尖，嘴唇印在他兩片嘴唇上。

他驚詫地望著她。

『老師，我喜歡你。』顫抖的嗓音。

他眼含淚花，緊緊地摟抱著她。她閉上眼睛，嗅聞著長久渴望的氣息。

他開始不刮鬍子、不修頭髮，篤定的眼神變得迷惘。她以爲她的愛會使他復元，可惜，她的存在只能讓他無動於衷。

那天晚上，她約了他在街上見。她身上掛滿了首飾：耳環、項鍊、手鐲、戒指，還有腳鐲。

她走到杜一維身後，輕輕地拍了拍他的肩膀。他回過頭來，詫異地望著她。

她站在那裡，嬌羞地微笑著。

『你爲甚麼穿成這樣？』他生氣地問。

她沒想到他會這樣，囁嚅著說：

『不好看嗎？』

『誰叫你戴這麼多首飾？』他的語氣像盤問犯人似的。

『我……我……』她結結巴巴的說不出話來。

『你很難看！』他毫不留情地說。

她羞愧得眼睛也紅了。

杜一維怒沖沖的走了。她跟在後頭，問：

『你要去哪裡？』

『你回去吧。』他說。

『你不是喜歡這種打扮的嗎？』她哭喊著。

他走下一條長長的樓梯。她死命跟著他，身上的首飾互相碰撞，噹啷噹啷的響。

『她都不愛你了，爲甚麼你還不肯忘記她？』她哭著說。

他在樓梯下面站定，回過頭來，難過地說：

『愛人是很卑微的。』

『這個我知道。』她的眼淚滔滔地湧出來。

『你走吧。』他說。

她摸摸耳垂上的一只耳環，傷心地問：

『你是不是覺得我像個小丑？』

他搖了搖頭：『你只需要成爲你自己。』

她默默無語。

他嘆了一口氣，說：『我和你是負機率的。』

她站在樓梯上，望著他的背影沒入燈火闌珊的路上。

從此以後，她不再戴任何的飾物。

今天來到這家首飾店，竟好像是時光的召喚。也許，她並不是想買首飾，只是想重尋昔日的自己。沒想到的，是重遇了青澀歲月裡曾經愛戀的人。

她啜飲著**Bellini**，問杜一維：

『她知道你在等她嗎？』

『她走的時候，我沒說過我會等她。』

『你沒說，她又怎會知道？』

『有些事情，說得太清楚便沒意思了。也許有一天，她也會像你今天這樣，偶然在外面經過。』

李傳芳恍然明白了：『所以你的餐廳開在她喜歡的首飾店對面？』

『首飾店的主人剛才有沒有說你是雙魚座的？』他問。

『你怎麼知道的？』

『每個走進店裡的客人，她也會說人家是雙魚座的，從前也是這樣。』

『但我的確是雙魚座。』

杜一維笑了笑：『她每次也會有十二分之一的機會說對。』

『她爲甚麼不說別的星座？』

『也許，她在長久地等待一個雙魚座的人出現吧，說不定是她的舊情人。』

然後，他告訴她：『這家餐廳以前是一家文具店，也賣昆蟲的標本。』

『是嗎？我倒沒留意。』

『我小時很喜歡搜集標本。』杜一維說。

她想，現在問杜一維落日是怎樣製造出來的，他會告訴她。然而，有些事情，說穿了便沒意思，那天的落日，不如就當作是一種法術吧。她也不要知道是怎樣變出來的。

離開餐廳的時候，李傳芳突然記起三年前的那天，她在首飾店裡買了一大堆首飾，開心地模仿著別人，以爲這樣會換到愛情。當她走過馬路的時候，手上的背包掉在地上。她匆匆彎身拾起背包時，瞥見路邊有一家文具店，櫥窗上放著斑斕的蝴蝶標本。

三年來，許多事情改變了，沒有改變的是她今天在身上灑了Nina Ricci的L'Air du Temps。她決定一輩子只用一種香水，將之變成一種專屬於自己的商標。

在最後一抹夕陽的餘暉裡，她一個人走在路上。隔了一些年月，從前的淚水都成了青澀歲月裡珍貴的回憶，就像她身上永恆的氣息和燈泡裡幻化的落日。

5.

一個深夜，女孩在二十四小時漫畫店裡重遇男孩。

『你在看哪一本漫畫？』女孩問。

男孩說：『《神的刻印》。』

『畫功很精采呢。』

『嗯。你呢？你看的是哪一本？』

女孩揚揚手上的書，說：『是《夏子的酒》。』

『好看嗎？』

『還沒開始看呢。』

『嗯。你常來的嗎？』男孩問。

『這家店才開了幾天，怎會常來呢？我是頭一次來。你呢？』

『我也是。』男孩說。

『我有看過你畫的漫畫，很好呢。』女孩說。

『主筆不是我，我只是個助理。』

『也很難得啊。前些時候看報紙，你的漫畫社給人放炸彈，是嗎？』

『嗯。』男孩點點頭，『那枚炸彈就放在我旁邊，幸好發現得早，否則，你現在遇到的，可能是一個鬼魂，假如我們還會相遇的話。』

『你的眼袋好像更大了。』

『是的，像泡眼金魚。』

男孩靦腆地站著。終於，女孩說：

『我走了。』

『喔。』男孩落寞地點了點頭。

臨走的時候，女孩回頭說：

『如果你想找我的話，我的電話號碼還是跟從前一樣，是二五二八〇三六四。』然後，她又重複一遍：『二五二八〇三六四。』

徐雲欣錯愕地坐在床邊，重逢的那天，並不是這樣的。她家裡的電話號碼已經改了。

四天前的一個晚上，徐雲欣擰開收音機，無意中聽到夏心桔的節目正在播放這個短劇。她聽著聽著，這個故事跟她的故事何其相似？起初，她以爲只是巧合，可是，聽了五天，兩個故事的細節容或有點不同，結局也修改了，大綱卻是一樣的。

徐雲欣拿起話筒，撥出劇中女孩所說的電話號碼。鈴聲響了很久，接電話的，是個女孩子。她聽到那邊的電話聲此起彼落，接電話的女孩正忙著接其他電話，徐雲欣把電話掛斷了。

有那麼一刻，她以爲接電話的會是何祖康。

那一年，徐雲欣參加一個漫畫比賽，拿了第五名。頒獎典禮在尖沙咀 **Planet**

Hollywood舉行。拿到第一名的是鍾永祺，第二名是何祖康，他們三個年紀差不多。鍾永祺架著一副近視眼鏡，穿得很整齊。何祖康穿一條破爛的牛仔褲和一對骯髒的球鞋，神情有點落寞。他有一雙很大的眼袋，蒼白而帶點孩子氣。

頒獎典禮之後有自助餐，她一個人在那裡挑食物，鍾永祺走到她身邊跟她搭訕。

『你的畫很漂亮。』鍾永祺說。

『哪裡是呢。根本不能跟你比。』

『你有學過畫畫嗎？』

『小時候學過素描。你呢？』

『我四歲開始跟老師學西洋畫。』

『很厲害耶！』

『畫漫畫只是玩玩的。』鍾永祺說。

跟鍾永祺聊天的時候，徐雲欣的眼睛卻是盯著何祖康的。何祖康在她身邊挑食

物。他好奇怪，他只是挑人家用來伴碟的東西吃，譬如龍蝦旁邊的番茄和芒果、烤雞旁邊的青椒，還有烤鴨旁邊那朵用紅蘿蔔雕成的玫瑰花。

何祖康獨個兒坐下來，吃那朵玫瑰花吃得滋滋有味，徐雲欣忍不住偷偷笑了。

何祖康朝這邊望過來，徐雲欣裝著很熱情的跟鍾永祺聊天，她是故意引他注意。

『不如我們交換電話，改天約出來見面。』鍾永祺說。

『好的，我寫給你。』

她把電話號碼寫在鍾永祺的記事簿上。

徐雲欣偷偷瞄了瞄何祖康，他還是滿不在乎地啃他的玫瑰花。

不知甚麼時候，何祖康走過來了。

『我想要你的電話號碼。』他的臉紅通通。

『寫在哪裡？』她問。

他身上甚麼也沒有，只得伸出一隻手。

『寫在這裡？』徐雲欣問。

何祖康點了點頭。

徐雲欣把電話號碼寫在他手心裡。

『你喜歡打羽毛球嗎？』旁邊的鍾永祺問徐雲欣。

『喜歡。』徐雲欣說。

『那我們改天去打羽毛球。』鍾永祺說。

何祖康站在旁邊，雙手插著褲袋，眼睛望著自己雙腳，有點寥落的樣子。

『你最喜歡哪個漫畫家？』徐雲欣問鍾永祺；其實，她是想問何祖康。

『池上遼一。』鍾永祺說。

『安達充。』何祖康說。

『我也是喜歡安達充。』徐雲欣說。

何祖康笑了笑，很得意的樣子。

徐雲欣離開 **Planet Hollywood** 的時候，外面正下著大雷雨。

『我們一起坐車好嗎？』鍾永祺提議。

他們上了一輛巴士，徐雲欣擠在下層。巴士離開車站的時候，她看到沒帶雨傘的何祖康站在街上，他也看到了她和鍾永祺。她想，雨這麼大，會不會洗去她寫在他手心裡的電話號碼？

也許眞的被雨洗去了。何祖康一直沒有打電話給她。她和鍾永祺出去過幾次。鍾永祺讀書的成績很好，畫的畫漂亮，同時也是學校的羽毛球代表隊、儀樂隊和模範生。

他永遠是自信滿滿的樣子，徐雲欣有甚麼功課上的難題，都可以請教他。他總是那麼熱心的幫助朋友。他很健談，跟他一起，有說不完的話題。

一天，鍾永祺送了一張油畫給她。

『是我四歲的時候畫的第一張畫。』鍾永祺說。

畫中是一片美麗的星空。她簡直不敢相信這是一個四歲小孩子畫的。四歲那一年，她還在家裡的牆壁上塗鴉。

『這麼珍貴的東西，爲甚麼要送給我？』

鍾永祺靦腆地說：『因爲珍貴，所以才送給你。』

徐雲欣把那張油畫放在床頭。漸漸地，她有點喜歡鍾永祺了。

一天晚上，她接到一通電話，是何祖康打來的。

『想約你去打羽毛球，去不去？』他的語氣，聽起來像下一道命令。

『去。』她好像也沒法拒絕。

打羽毛球的那天，她才知道他的球技那麼糟糕，他發球幾乎都失手，接球也總是接不住。

離開體育館的時候，已經天黑了。她問：

『既然你不會打羽毛球，爲甚麼約我打羽毛球？』

他窘困地說：『因爲他也約你打羽毛球。』

那一刻，徐雲欣心都軟了。他們兩個人，一直低著頭走路，誰也沒說話。來到一個圍了木板的建築工地，何祖康從背包拿出一罐噴漆來。

他問徐雲欣：『想不想畫圖畫？』

『給警察看到，會把我們抓上警察局的。』徐雲欣說。

何祖康沒有理會她，拿著噴漆在木板上塗鴉。

『不要！』徐雲欣在旁邊焦急地說。

何祖康笑笑從背包裡掏出另一罐噴漆，塞在徐雲欣手裡，說：『我只是美化環境。』

何祖康在木板上噴出了一張抽象畫，他望望徐雲欣，說：

『你不敢嗎？』

『誰說的？』徐雲欣也學著何祖康用噴漆在木板上畫畫。

『爲甚麼頒獎典禮那天，你只吃伴碟的菜？』徐雲欣問。

『我是吃素的。』何祖康說。

『爲甚麼會吃素？』徐雲欣感到詫異。

『因爲家裡是吃素的，所以我從小就吃素。』

『怪不得你那麼瘦。』

何祖康舉起手臂說：『雖然吃素，我也是很強壯的，我們是雞蛋牛奶素食者。』

『即是可以吃雞蛋和喝牛奶？』

『所以，我最愛吃蛋糕。』他用噴漆在木板上噴了一個圓形的蛋糕。

當他們忘形地塗鴉的時候，徐雲欣瞥見一個警員不知甚麼時候已經站在他們身後。她連忙拍拍何祖康的肩膀。何祖康轉過頭來，嚇了一跳。

那個男警卻微笑說：

『你們兩個畫得不錯，說不定將來會成爲畫家。』

然後，他轉身離開了。

『多麼奇怪的一位警察。』徐雲欣嘀咕。

『他可能是一位藝術家。』何祖康說。

『對不起，這張畫還是還給你吧。』在公園裡，徐雲欣把鍾永祺送的畫還給

他。

『爲甚麼？』震顫的聲音。

『你應該把它送給別的女孩子。』

『爲甚麼？』

『我不適合你。』

『爲甚麼？』鍾永祺強裝著鎮定。

『我和他一起比較開心。』

『是何祖康嗎？』

徐雲欣點了點頭，說：『我和他是同類。』

『他只是要逞強。』鍾永祺恨恨的說。

徐雲欣替何祖康辯護：『他不是這種人。』

她知道何祖康不是這種人。會考落敗的那天，他們在公園裡相擁著痛哭，她知道，他們才是同類。何祖康進了漫畫社當助理，徐雲欣被家人迫著重讀中五，那是一所位於清水灣的寄宿學校，只有在假期可以出去。她不肯去，寧願到蛋糕店工作。在那裡上班，她每天可以帶蛋糕給何祖康吃。

可是，他最喜歡吃的是日本『文明堂』的蜂蜜蛋糕，那得要去銅鑼灣的三越百貨才買得到。每次發了薪水，她會去買給他。

『將來你想做甚麼？』秋天的公園裡，她依偎著他。

『成爲漫畫家。』他說。

『你的第一本漫畫書，會送給我嗎？人家的書都是這樣的，第一頁上面寫著：獻給某某某。』

『嗯，好的，獻給我親愛的徐雲欣。』何祖康說。

她倒在他懷裡，有片刻幸福的神往。

她以爲這個男孩子將要引渡她到永恆的幸福。後來，他卻開始嫌棄她，總是在她身上找碴子。那天，外面下著大雷雨，她在他家裡看漫畫。他說：『我要趕稿，你回去吧。』

『我在這裡陪你好嗎？』她可憐兮兮地說。

『你還是回家吧。』

『我不會礙著你的。對了，我去買蜂蜜蛋糕回來一起吃好嗎？』

『隨便你吧。』

她撐著傘出去買蛋糕。當她帶著蛋糕回來的時候，全身都濕透了，卻不見了他。

等到午夜，何祖康叼著一根牙籤回來。

『你去了哪裡？』她問。

『有朋友找我出去吃飯。』他避開她的目光。

『是女孩子吧？』她恨恨的問。

他沒有回答。

『最近常常有女孩子找你！』

他沒有說話。

她把那個蜂蜜蛋糕狠狠地扔在地上，哭著說：『你爲甚麼要這樣對我！』

他沉默。

『你和我一起，是爲了逞強的吧？』

他蹲下來，想要鬆開腳上球鞋的鞋帶。

『既然不喜歡我，爲甚麼又要跟別人搶！』她坐在地上，扯著他的鞋帶不放。

他只好去鬆開另一隻鞋的鞋帶，可是，她又用空出來的一隻手扯著那隻鞋的鞋帶不放。

她雙手扯著他的鞋帶啜泣，他的鞋帶被她扯著，被迫坐在地上陪她。

『你根本不愛我！』她嗚咽。

『你會找到一個比我好的人。』他說。

『但我不會再買蜂蜜蛋糕給他吃。』她說。

多少年了，她沒有再買過蜂蜜蛋糕給她身邊的男孩子吃。

後來有一天早上，她在 Starbucks 裡遇到鍾永祺。他正在買外賣咖啡，她啜飲

著一杯芒果味的Frappuccino。

她主動上前叫他。

『很久不見了。』

鍾永祺有點兒詫異。

『你好嗎？』她問。

『你呢？』

『我在美專念書。』

『是嗎？我考上大學了，念建築。』他的頭微微向上抬了一下，好像是向她炫耀。然後，他問：『你男朋友呢？那個大眼袋——』

『我們分手了。』她說。

他一副幸災樂禍的表情，說：

『是嗎？眞可惜。』

她站在那裡，很是難堪。是的，他有權侮辱她，誰叫她那麼笨，在他和何祖康之間選擇了何祖康。

『我要走了。』鍾永祺說，『我女朋友在外面等我。』

她看著鍾永祺拿著兩杯外賣咖啡走出去。一個短髮、穿牛仔褲，手裡拿著幾本書的女孩子在外面等他。他們是大學同學吧？才不過幾年光景，鍾永祺過的是另一種生活。

當天晚上，她在家裡接到一通電話，是鍾永祺打來的。

『你的電話號碼還是跟從前一樣嗎？我打的時候，還擔心已經改了。』鍾永祺說。

『不，沒有改。你找我有甚麼事？』

『可以出來見個面嗎？』

『我家附近有一家拉麵店，我們在那裡見面吧。』

『今天很對不起，我不該用那種態度跟你說話。』吃麵的時候，鍾永祺說。

『你是不是仍然恨我？』

『只是當天輸給了他很不甘心。但是，我沒權怪你。』

『男人是不是都愛逞強的？』

『男人是沒有遊戲的，只有比賽。』

『你們不覺得這樣很殘忍嗎？』

他抱歉地點點頭：『可是，這是天性。』

『喔，我明白了。』

『希望你不要怪我。』

『是有一點的啊。今天早上讓你佔了上風，我是準備出來把你痛罵一頓的。不過，既然你道歉，那便算了。你跟你女朋友是同學嗎？』

『不是同一所大學的。』

『看起來很匹配的樣子啊。』

他靦腆地笑笑。

望著鍾永祺，她想，假如當天選擇了他，她的際遇是否會不一樣呢？

後來有一天，她放學的時候看到那天和鍾永祺一起的女孩子跟一個男孩子手牽手散步，兩個人很親暱的，像一對情侶。那個男孩子不就是隔壁班的王日宇嗎？鍾永祺的女朋友，是不止一個男朋友吧？

原來，鍾永祺也不見得比她幸福。

可是，她並沒有幸災樂禍。讓她再選擇一次，她還是會選擇何祖康。人做了一個決定之後，總是會懷疑另一個決定會不會更好。可是，誰又知道呢？

那天下課後，在美專的走廊上，同學們都在討論她的故事；當然，他們並不知道那是她的故事。徐雲欣聽說，劇本是余寶正寫的。那天晚上，最後一集播完之後，很多人打去女孩說的那個電話號碼，那其實是漫畫社的電話。

誰又會想到這個城市裡有那麼多寂寞的人？

她走到余寶正跟前，告訴她：

『在漫畫店裡再見到他的時候，我的電話號碼已經改了。』

余寶正驚訝得說不出話來。徐雲欣瞄了瞄站在余寶正旁邊的王日宇，朝他笑了笑。王日宇不太明白她的意思。她根本不需要他明白。

那天在二十四小時漫畫店裡，徐雲欣低下頭，無意中發現何祖康腳上的球鞋是沒有鞋帶的，是用魔術貼那種。

『你不穿有鞋帶的球鞋了嗎？』她問。

他聳聳肩膀，說：『穿這種球鞋，不會給扯著鞋帶。』

一陣沉默之後，她終於說：

『我走了。』

她轉身的時候，他忽然在後面喊：

『你——』

她回過頭來，等他說話。

『沒甚麼了。』他靦腆地說。

她的電話號碼是上星期才改的。四年來，她搬家三次了，一直留住舊的電話號碼，剛剛改了，卻跟四年沒見的他重逢。

假如他今天晚上問她：『你的電話號碼還是跟從前一樣嗎？』她會微笑把新的號碼寫在他的手心裡。只是，他終究沒有問。

他可有像戲裡那樣，期待她開口，甚至修改了原本的結局？在他猶豫的目光裡，可會有過思念和悔疚？

6.

Channel A節目裡，正播放著愛情短劇的最後一回。

男孩靦腆地站著，終於，女孩說：

『我走了。』

『喔。』男孩的聲音是那麼落寞。

臨走的時候，女孩忽然回頭說：

『如果你想找我的話，我的電話號碼還是跟從前一樣，是二五二八〇三六四。』

然後，她又重複一遍：『是二五二八〇三六四。』

徐潔圓坐在計程車裡，抱著自己兩條胳膊。所有的重逢，都是這樣美麗的嗎？

所有的離別，卻總是教人唏噓。這天晚上，她剛剛從謝師宴回來。幾年來，她以爲自己已經習慣了，學生們與老師最後一次歡聚，明年，又有一批新的學生要離開。這些學生都跟她相處了好幾年，像朋友一樣，然而，無論多麼投契的朋友，多麼要好的師生，也要奔赴前程。起初的時候，大家偶爾還會相聚，後來，便各自有了新的生活，忘記了舊的。

車子停下，她走出車廂，進去公寓。

走出電梯的時候，她聽到響亮的音樂，不是已經跟他說過很多遍，不要把音樂聲調得太大的嗎？他總是不聽。

她把鑰匙插進匙孔，門開了，眼前的一切卻叫她啞然吃驚。符傑豪和一個女孩親暱地坐在客廳那張寬沙發上聽音樂，那個女孩子把一條腿擱在他的大腿上。他們看到她，慌亂地分開了。

她難以置信地望著符傑豪，他窘迫地問：

『你爲甚麼會來？』

她淚眼模糊，整個人在顫抖。那個女孩難堪地垂下頭。

『對不起，打擾了你們。』徐潔圓恨恨的把門關上，逃離那座公寓。

『潔圓！』符傑豪追了出來，拉著她：『你聽我解釋。』

『還有甚麼好解釋的？』她悲傷地飲泣。

她認得那個女孩子，她是他店裡的職員。早陣子，王亮怡告訴她，在街上碰到符傑豪跟一個女孩子態度很親暱，她還一口咬定王亮怡看錯了。

『你和她開始了多久？』她淒然問。

他無辜地望著她，彷彿他是無辜的。

『你說呀！』

他還是那樣的望著她，而他明明不是無辜的。

她哭著說：『我爲你犧牲了那麼多，你爲甚麼要這樣對我！爲甚麼！』

他的臉一瞬間由無辜變成憤怒，回嘴說：

『你就是這樣！你一直也覺得在爲我犧牲，你一直也覺得委屈！』

『我不是！』她爲自己辯護。

他冷冷地說：『你覺得我配不上你，你是這樣想的！』

『對不起，我不是這個意思。』她哭著說。

他還沒有說過一句道歉，爲甚麼反而是她道歉呢？

『算了吧！我根本配不上你。』他丟下她走了。

今天晚上，學生們送給每位老師一盒**Baci**巧克力，小小的一個圓形盒子，包裝很漂亮。他們說，每一顆巧克力裡面藏著一張籤語紙，能夠占卜命運。這種巧克力在外面很難找到，只可以在機場買得到，是其中一位女生託她在機場工作的哥哥買的。

她本來是打算一個人回家的，忽然很掛念符傑豪，很想和他分享這盒巧克力，所以來到他的公寓，準備給他一個驚喜。沒想到她看到的，卻是她的愛情遭到殘忍的背叛。

昨天，他們才一起去看房子呢。

這是他們多年來的夢想。她大學畢業的那天，他說：『我將來要買一間房子給你。』

她說：『我們一起儲錢。』

『不，不要用你的錢。』他堅決地說。

她以爲那個夢想快要實現了，卻原來比從前更遙遠。

她和符傑豪是中三的時候同班的，他人很聰明，就是比較愛玩，跟愛靜的她很不一樣。

後來，她考上大學，他考不上。他們身邊的朋友都不看好這段感情。新生選科的那天，王亮怡就跟她說：

『你和符傑豪以後要走的路也不一樣了。』

那個時候，她堅定地相信這段感情能夠禁得起一切的考驗。用學歷去評價一對男女，未免太膚淺了。

他們那所中學附近有一家日本拉麵店，讀書的時候，她和符傑豪常常去。大學開學的前一天晚上，符傑豪和她在那家拉麵店裡，各自叫了一碗叉燒麵。她把碗裡的叉燒夾到他的碗裡，只留一片給自己。

符傑豪一直低著頭吃麵。

『怎麼啦？』她逗他。

『進了大學之後，你會認識很多男孩子的。』他幽幽地說。

她笑了：『你吃醋嗎？』

他訥訥地不說話。

『你的工作也會讓你遇到很多女孩子。』她說。

『我不會喜歡別的女孩子。』他的語氣是那麼肯定。

『我也不會愛上其他男孩子。』她用同樣的許諾回報他的深情。

符傑豪進了一家時裝連鎖店當店員，雖然每天的工作時間很長，他晚上還是自修，準備再考大學。

大學裡，不是沒有男生追求她，可是都一一給她拒絕了。漸漸地，大家都知道

她有一個很要好的男朋友，不會再來碰釘。

第二年的大學入學試，符傑豪落敗了。

『我決定放棄。』他在那家拉麵店裡跟她說。

『爲甚麼不再試一次？』她問。

『其實，不上大學也沒關係。』他聳聳肩膀說，『很多名人也沒上過大學，他們不也一樣很成功嗎？只要你不嫌棄便好了。』

『你瘋了嗎？說這種話。』

他笑笑：『我說笑罷了。告訴你一個好消息，我下個月會升主管。』

『眞的嗎？』

『嗯。我好像是有史以來升職最快的一個，店長很賞識我。』

『那麼，你要努力啊。』

『你也要努力讀書。』

『知道了。』

『下學年開始，你不要再替人補習了。』他說。

『爲甚麼？』

『我幫你繳學費好了。』

『你的負擔太重了，我補習並不辛苦。』她憐惜地說。

『不，這才是我的奮鬥目標。』他緊緊地握住她的手，說：『麵涼了，快點吃吧。』

這種日子，若能夠一直過下去，那該有多好！

她守住一個盟誓度過她的大學生活，他也守住一個盟誓等她畢業。

到她畢業的那天，他已經是兩家店的店長了。

這一刻，她在舉行畢業典禮的禮堂外面等他。一輛日本跑車在她跟前停下，那刺眼的紅色在烈日下使人目眩。符傑豪從車上走下來。

『這車子是誰的？』她問。

『我剛剛買的。雖然是二手車，但有八成新。』他興奮地說，然後小心翼翼地用自己的衣袖揩去引擎罩上面的一點塵埃，回頭去問她：『你喜歡嗎？』

『爲甚麼是紅色的？』她問。

『紅色才搶眼！』

她的同學都圍了上來看這輛新車，其中還包括王亮怡。符傑豪像個威風的主人，站在他的車子旁邊，接受別人羨慕的目光。

『這車子是新的嗎？』王亮怡問。

『對啊！剛剛出廠的。』符傑豪說。

畢業典禮之後，她在車上問他：『剛才你爲甚麼告訴王亮怡這車子是新的？』

『王亮怡這種人，眼睛長在額頭上，如果我說這車子是二手的，誰知道她會怎麼說？』

『她不是那種人。』

『當天她不是說我們以後走的路不一樣嗎？』

『那句說話，你一直記到現在嗎？早知道我就不告訴你。』

『她常常以爲大學生高高在上，她能夠考上大學，不過因爲幸運罷了。』

『你別這樣說她。』

『你爲甚麼老是站在她那邊？我才是你男朋友呢。』

她氣得低著頭不說話。良久的沉默過去之後，他伸手去搖她的膝頭，逗她說：

『今天是你大學畢業，你想去哪裡慶祝？』

『我甚麼地方也不去。』她噘著嘴巴說。

『你看你，都快要當老師了，還像個小孩子似的，你的學生不欺負你才怪。』

『他們要是欺負我，我便告訴你，由你幫我出頭。』她說。

『這個當然了，除了我，誰可以欺負你？』

她噗哧一笑，說：『你賺錢很辛苦的，不要亂花錢了，這輛車子也不便宜。』

『你說話的語氣已經像老師了。』他朝她微笑。

她在一所男校教英文，王亮怡在雜誌社當編輯，幾年裡換了幾家雜誌社，工作不算如意。

符傑豪現在已經是時裝店的分區經理，他的工作愈來愈忙，應酬也愈來愈多。

那個星期天的下午，徐潔圓來到他的公寓，他還在床上睡覺。她溜進他的被窩裡搔他的胳肢窩，說：

『還不起床？』

他一邊笑一邊說：『昨天晚上打麻將打到三點鐘，很累呢。』

她把鼻子湊到他頭髮上，嗅到一股難聞的煙味，咕噥著：『又是跟那些分區經理一起嗎？』

『我摸了一鋪雙辣！』他興奮地說。

她一頭霧水：『甚麼是雙辣？』

『總之是贏！』他抱著她，說：『我要送一份禮物給你。』

她摟住他的脖子，說：『你就是我的禮物，我甚麼也不要。』

『你畢業的那天，我不是說過要買房子給你的嗎？』他從抽屜裡拿出一份銀行戶口的結單給她看，說：『我已經儲夠首期了，明天開始，我們去找房子。』

那一刻，她以爲人生的幸福也不過如此。

可是，在夢想快要實現的時刻，她才驚覺眼前人已經改變了許多，彷彿是她不認識的。

從找房子那天開始，他們已經不知吵過多少遍了。她希望房子不要太貴，寧願地方小一點，負擔沒那麼沉重。然而，符傑豪卻總想買半山區的房子，雖然他口裡不說，她知道他想住到半山，因爲他有些同行也住半山，而她和符傑豪的同學之中，雖然也有人買了房子，卻還沒一個買得起半山的房子。

後來有一天晚上，他們中學同學會聚餐，符傑豪喝了幾杯紅酒之後，開始高談闊論：

『我手下有好幾個大學生，連英文都不行呢！香港教育制度不知怎麼搞的，花了納稅人那麼多錢，卻爲社會製造出一批三流人才。我老闆只讀過幾年書，拍他馬屁的，全是大學生。那些所謂大學畢業的女生，還不是要跟男人上床來向上爬？我在這一行看得太多了。』

王亮怡首先沉不住氣，說：

『不是所有大學生都是這樣的。』

他指著王亮怡，問：『亮怡，你一個月賺多少錢？』

王亮怡板著臉，沒有回答。

符傑豪說：『還不到一萬五吧。』

王亮怡瞅了徐潔圓一眼，她知道是徐潔圓說的。徐潔圓難堪地低著頭。

符傑豪繼續說：『我店裡的店員，只要勤力一點，每個月也不止賺這個數目呢！』

『符傑豪，這個世界上還有一樣東西叫理想的。』王亮怡說。

符傑豪咯咯地笑了：『難道賣衣服的人就沒有理想嗎？我不是批評你，我只是覺得香港的教育制度太失敗了。』

王亮怡白他一眼：『你別忘了你女朋友也是教師，你批評香港的教育制度，不就是批評她嗎？』

『所以我常常叫她不要教書，開補習班不是更好嗎？沒那麼辛苦，錢又賺得多。』

符傑豪拖著徐潔圓的手離開酒店的時候，她一直低著頭，眼裡溢滿淚水，她覺得太羞恥了。

『你爲甚麼哭？你是不是不舒服？』他緊張地問。

『你爲甚麼跟自己的同學說這種話？』她埋怨。

『我難道沒權發表意見嗎？』

『你這樣太傷害別人的自尊心了。』

『這種聚會，根本就是暗地裡大家互相比較。』

『你用不著甚麼也跟人比較。』她望著他說。

『你這是甚麼意思？你以爲我自卑嗎？』

她沒說話。

他的自尊受傷了，大聲說：『呵呵！我爲甚麼要自卑，就因爲我沒你讀那麼多

書嗎？』

『我不想跟你說！你蠻不講理！』她甩開他的手。

他捉住她的手：『我們現在就說清楚！』

『你弄痛我了！』她哭著掙扎。

『喔，對不起，我不是有心的，我喝得太多了。』他攬著她，像個孩子似的，在她耳邊說：『我怕你離開我。』

『我不會，我從來沒有改變。』她流著淚搖頭。

隔天，在義大利餐廳裡，她問王亮怡：

『你還在生我的氣嗎？』

『不生氣才怪。』王亮怡一邊吃著義大利肉醬麵一邊說。

『這一頓飯，我請你，你喜歡吃多少都可以，算是賠罪好嗎？』

『只吃義大利麵，你未免太吝嗇了吧？』

『我在儲錢嘛！』

『儲錢幹甚麼？』

『買房子需要錢。』

『不是說他買的嗎？』

『他喜歡的房子都超出預算，我怕他不夠錢。』

『潔圓，我不是說他壞話，但是，我覺得你們眞的很不一樣了。你只是用過去的感情來維繫這段關係。』

『我們是初戀情人。』她說。

『那又怎樣？』

『最艱難的日子，我們都熬過了。』她啜飲著一杯Bellini，說。

『更艱難的，也許在後頭呢。』

她默然，然後，王亮怡說：

『那天，我在街上碰見一個很像符傑豪的男人跟一個女孩子一起，態度很親暱的。』

『你會不會看錯？』

『但那個人的確很像他。』

『不會的，他不是那種人。』她說。

那一刻，她甚至以爲王亮怡不喜歡符傑豪，所以說他壞話。

可是，這一刻，她親眼看見他們在一起。

她不敢找王亮怡哭訴，她不會同情她的。她想起了她以前的學生王日宇。

那天晚上，她跟王日宇在Starbucks見面。王日宇告訴她，他失戀了。她從口袋裡掏出幾顆Baci，跟他說：

『你揀一顆，看看說些甚麼？』

王日宇隨便揀了一顆。

『籤語上寫些甚麼？』她問。

王日宇遞給她看，那張籤語上寫著：『愛是把對方的快樂置於自己的快樂之上。』

『這是很難做到的吧？』王日宇皺著眉頭說。

『老師，你也揀一顆。』他說。

她揀了一顆。

『寫些甚麼？』王日宇問。

『這是老師的秘密。』她把那顆巧克力放在口袋裡。

『女人爲甚麼可以同時愛幾個男人？』王日宇忽然問。

『因爲世上沒有十全十美的男人。』她回答。

『老師，假如你愛的那個人也同時愛著其他人，你不傷心嗎？』

她的眼睛忽然紅了。爲了不要在自己的學生面前流淚，她跑了出去。

王日宇追上來，關心地問：『老師，你是不是跟男朋友吵架了？他是不是欺負你？』

她傷心地哭了。

『不要這樣。』王日宇慌亂地抱著她，身體貼住她的胸膛。她融化在他懷裡，

想起他曾經畫給她的一張圖畫：一個女孩躺在地上，心中開出了一棵長著翅膀的樹，那時候，她就有點喜歡這個學生了，他像她以前認識的符傑豪，那些日子卻已經遠遠一去不可回了。她意識到自己被從前的學生抱著，那是多麼的不道德？她把他推開了。

後來有一天，她來到她和符傑豪讀書時常常去的那家拉麵店。

下午兩點鐘，店裡的人很少，她一個人坐在他們從前常坐的角落裡，點了一碗叉燒麵。旁邊坐著一對中學生，瘦小的女生把碗裡的叉燒夾到男生的碗裡，自己只留下一片。

許多年前的一天，他不是答應過絕對不會喜歡其他女孩子的嗎？她也答應不會愛上其他男孩子。那些盟誓曾經多麼美好，卻已經多麼遙遠了。

她知道他愛得多麼努力，她何嘗不是？只是，無論多麼投契的朋友，多麼要好的師生，多麼親愛的情人，也要奔赴前程，她怎麼不理解呢？

那天晚上，她在王日宇面前揀的一顆巧克力，她後來拆開了。看到那張籤語時，她的眼淚滔滔地湧出來。那張紙上面寫著：

『初戀的美麗在於我們從沒想過它或許會有消逝的一天。』

7.

林薇珠在宿舍房間的床上醒來時，日頭已經曬上屁股了。今天是星期天，不用上課，她可是比上課更忙碌。

她匆匆忙忙梳洗，同房的賴詠美剛好從外面回來。

『你要出去嗎？』賴詠美問。

『我約了王日宇吃午飯，然後跟鍾永祺吃晚飯。』

『一天跑兩場？』

『就是嘛！』林薇珠摸著自己的肚子說：『有時要連續吃兩頓飯，最近好像胖了呢！』

『你怎樣脫身？』

『就跟王日宇說，我要回來溫習，明天要測驗。』林薇珠跳到床上，一邊穿裙子一邊說。接著，又問賴詠美：『你爲甚麼還不出去？』

『昨天跟關正之吵架了，今天只要趕晚上一場。』

『爲甚麼吵架？』

『是故意找個藉口跟他吵架的。』賴詠美趴在林薇珠的床上說，『因爲今天想跟郭宏川一起。我不想一天之內跟兩個男人做愛，這樣對健康不好。』

『有時候是迫不得已啊。』林薇珠說。

『這所大學裡，到底有多少女孩子在談複數的戀愛呢？』賴詠美說。

『單單是這幢宿舍，就有一半人口擁有一個以上的男朋友。整所大學，大概也是這個比例吧？』林薇珠對著鏡子微笑，說：『誰叫現在沒有一百分的男人？最好的，頂多也只有八十分。兩個八十分加起來，就有一百六十分！那才是我想要的分數。』

林薇珠與王日宇在一家義大利餐廳裡吃午飯。他們是在一個校際民歌比賽裡認識的。他個子不算高大，卻有一張很討女孩子歡心的臉。王日宇讀書的成績不怎麼出色，他畫的圖畫可漂亮極了。中學畢業之後，他們好幾年沒見。林薇珠上了大學，王日宇在美專念設計。那時候是冬天，他們在路上重逢，兩個人在Starbucks聊了一個晚上，直到人家喊『Last order』才不情不願的離開。從Starbucks走出來，他們就已經忍不住接吻了。

『明天的測驗預備好了沒有？』王日宇問。

『還沒有呀，看來要熬夜。』林薇珠說。

『早知道就不用出來陪我。』

『但我想見你。』林薇珠靠在王日宇的肩膀上。

『可是，我不想影響你的成績。』王日宇說。

林薇珠的手指頭扣著王日宇的手指頭，夕陽灑落了一地，在這短暫的時光裡，她喜歡的，就只有王日宇。可惜，她無法只喜歡一個男人，那是不安全的。

『你的生日快到了，打算怎樣慶祝？』王日宇問。

『這幾天都要測驗，到時候再想吧。』

想到生日，她就頭痛了。一個人要是有兩個生日，那該多好？這一天，她無論如何也要陪鍾永祺。

隔天晚上，在宿舍的那張床上，王日宇光著身子，緊緊地摟著林薇珠。她在他懷裡，流著汗，幸福地微笑。

『我愛你。』他說。

『謝謝你。』林薇珠說。

王日宇臉上閃過一絲失望，他期待的是同樣一句『我愛你』。然而，當他說『我愛你』的那一刻，林薇珠心頭閃過的，卻是憐憫。她想：『多麼可憐的一個男人啊！』

她不說『我也愛你』，不說『我也是』，她不想爲愛情負責任。謝謝你愛我，是你愛我罷了。愛就代表了佔有、代表了唯一，所以，她只能說『謝謝』。這方

面，她倒是誠實的。

生日前的一天，林薇珠約了王日宇見面。她在街上等他，王日宇遲到了三十分鐘，這是千載難逢的機會。

林薇珠板起臉孔，說：『現在是甚麼時候了！』

『對不起，我放學後已經立刻趕來！』王日宇拉著她的手。

林薇珠甩開他的手，兇巴巴的說：『我等你三十分鐘了！你在浪費我時間！』

『你用不著這麼兇吧。』

『你還說我兇？你這個人真是過分！』

『我怎麼過分？』

『這還不算過分！』

『你也常常遲到。』

『你在翻舊帳是嗎？』

『不要吵架好嗎？我今天下班之後又去上課，已經很累。』

『我也上了一整天的課，我不累嗎？你只顧你自己，自私鬼！』

『你扯到哪裡去了！』

『今天收到測驗卷，我只拿到三十分，你有關心我嗎？』林薇珠的眼睛紅了。

『是我錯了，好嗎？』

『你沒錯！也許我們根本就合不來！』林薇珠撇下王日宇，跳上一輛計程車，砰然一聲把門關上，王日宇只好巴巴的看著她離開。

生日的那天，林薇珠就大有理由不接王日宇的電話了。王日宇打來宿舍，她就託賴詠美說她跟同學出去了。晚上，她回來宿舍的時候，看到床頭上放著一份禮物和一盒蛋糕。

『是王日宇剛才送來的，他還買了蛋糕呢。』賴詠美說。

林薇珠坐在床邊，一邊拆禮物一邊說：『終於過了生日，太好了！』

賴詠美把盒子打開，裡面放著一個李子蛋糕。

『好像很好吃的樣子。』賴詠美說。

『你吃吧，我已經吃過蛋糕了。』

賴詠美用手指頭揩了一點蛋糕來吃，說：『不錯呢。是在哪裡買的？』她看看盒子上的地址。

林薇珠把禮物拆開了，王日宇送給她的，是一張他親手畫的水彩畫。水彩畫的主角是一隻微笑的豬，牠頭上插著鮮紅色的玫瑰花，躲在一個衣櫃裡。微笑的豬，就是薇珠。她把那張畫放在床頭。她有點思念這個男人。

第二天，王日宇打電話來，林薇珠裝著原諒了他。

『那隻豬爲甚麼躲在衣櫃裡？』她問。

『因爲她是一隻怪脾氣的豬。』王日宇說。

『你才是。』

『你明天有空嗎？』

『喔，明天不行，我要跟同學一起做小組功課。』

第二天晚上，王日宇跟美專的同學佘寶正、李傳芳、唐紀和四個人在Starbucks

聊天，他看到林薇珠跟一個男人依偎在角落的一張沙發上，像戀人那樣親暱。林薇珠沒看見他，他也沒有勇氣上去揭發她。

第二天，王日宇和林薇珠在拉麵店裡，王日宇一直默不作聲。

『你怎麼啦？』林薇珠吃著叉燒麵問。

『我昨天見到你。』王日宇終於按捺不住說。

林薇珠心虛了，只是胡亂答一句：『在哪裡？』

『在Starbucks。不是說要做功課的嗎？』

林薇珠低頭不語。

『生日前的一天，是故意跟我吵架的吧？』王日宇悻悻的問。

林薇珠還是不說話。

『你並不是只有我一個男朋友，對不對？』

『難道我沒有權選擇嗎？』

『你究竟同時跟幾個男人交往？兩個、三個，還是四個？』

『這是我的自由！你也可以的！』

『你太花心了！』

『我不是花心！我只是想被人喜歡！』林薇珠理直氣壯地說。

『假如你愛一個人，你怎麼可能這樣無恥呢？』

『我又沒說過愛你。』

『那你是玩弄我了。』王日宇氣得臉也漲紅了，他覺得受到屈辱。

『不愛你又怎會跟你做愛！你以爲我是甚麼人？』林薇珠哭著扔下筷子。

『那你到底想怎樣？』

『我怎知道自己想怎樣！』

王日宇愣住了。對著她，他是一點辦法也沒有。他躲在家裡哭了好多天。他沒想到他竟然愛上一個這麼不負責任的女人，她根本不尊重愛情。她一直也在撒謊，他不知道自己是第三者還是第四者，她在侮辱他的尊嚴。可是，傷心難過的時候，他依舊想念著林薇珠，期望聽到她的聲音。他甚至想說服自己去包容，愛情不是應該包容的嗎？包容她也愛著另一個男人。

案頭的電話響了起來，王日宇連忙拿起話筒，那不是林薇珠，而是徐潔圓的聲音。

徐潔圓是王日宇中學時的英文老師。那一年，她剛剛大學畢業就當上老師，負責教中五班的英文。她的年紀，只比他們大五歲。徐潔圓長得很秀氣，班上的男生都喜歡她，上課的時候，大家目不轉睛地望著老師，王日宇也不例外。他們不是留心聽書，而是看著老師的身體出神。除了老師之外，男生哪可以理直氣壯地欣賞一個女人的身體？

爲了引起徐潔圓的注意，有些男生努力把英文科念好，王日宇卻故意念得差勁一點。他有一種直覺，徐潔圓是個母性很強的女人，她寧可去扶助弱者。

他沒有猜錯。一天，徐潔圓吩咐他放學之後留下來。

課室裡只剩下王日宇一個人，徐潔圓捧著一疊練習簿走進來，坐在王日宇身邊，溫柔地說：『從今天開始，每天放學後，我替你補習。英文其實沒你想像的那

麼難。』

自此之後，每一天，當夕陽灑落在校園的長廊上，就是王日宇和徐潔圓獨處的時光了。

王日宇匆匆來到Starbucks，徐潔圓已經在那裡。

『老師。』

『你的眼睛爲甚麼這麼腫？』

王日宇無奈地笑笑：『老師，你要喝甚麼？』

『我要caffe mocha。』

王日宇給自己買了一杯cappuccino，兩個人擠在一角聊天。

『你好像哭過。』徐潔圓說。

『我失戀了。』王日宇說。

『對不起，我應該改天再找你。』

『沒關係。老師，可以問你問題嗎？』

『當然可以。』

『女人爲甚麼可以同時愛幾個男人？』

『因爲世上沒有十全十美的男人吧。』

『眞的嗎？』

『也許，女人有時候要通過被愛來自我肯定。』

『被一個男人所愛還是不夠嗎？』

『只有一個男人的話，也許會沒有安全感。』

『這就是花心啊。』

『女人都想追求不平凡的愛情，就像電影女主角那樣。』

『老師你也是這樣嗎？』

『我不敢說我不會。』

『假如女人是這樣，男人也會變成這樣。』

『是的。』

『老師，假如你愛的那個人，也同時愛著其他人，你不傷心嗎？』

徐潔圓的眼睛忽然紅了。

『老師，我是不是說錯了甚麼？』

『我想出去走走。』徐潔圓一個人走出去了。

『老師。』王日宇從後面追上來。

『你記不記得你送過一張圖畫給我？』徐潔圓說。

『記得。那天我看見你在教員室裡哭，那個可惡的科主任常常欺負你。』

『隔天補習的時候，你送了一張圖畫給我，一個小女孩幸福地躺在地上，她心裡開出了一棵長著翅膀的樹。所以，不開心的時候，就會想起你。』徐潔圓停了下來，定定地望著王日宇說。

『老師，你是不是跟男朋友吵架了？他是不是欺負你？』

徐潔圓的眼淚簌簌地流下來。

『不要這樣。』王日宇溫柔地摩挲著她的頭髮。他抱著她，用雙手暖和著她的身體，那些夕陽灑落在校園的日子召喚了他。他一直想抱老師，想知道抱著老師的感覺。他吻了她，把她更拉向自己的胸膛一些，免得她心裡開出一棵長了翅膀的樹，帶著她飄飛到天空。

徐潔圓突然把他推開了。

『這樣是不對的。』她說。

『我們已經不是師生了。』

『我已經有男朋友。』

『我也有一個不知算不算已經分了手的女朋友。』

『我們也要談複數的戀愛嗎？你不是說假如很愛一個人，是做不到的。』

『或許，我也做得到。』

『我可不想要這樣的愛情。』

『老師，你還會見我嗎？』

徐潔圓沒有回答。昏昏夜色之中，細小的身影漸行漸遠。

隔天，王日宇接到林薇珠的電話。

『可以出來見面嗎？』她問。

在Starbucks裡看到憂鬱地啜飲著一杯Frappuccino的林薇珠時，王日宇有點輕飄飄的感覺。

不是幸福，不是思念；也許不是愛，也不是不愛。他喜歡這個女孩子，但她在他心中已經不比從前了。當一個人不是另一個人的唯一，他就只有自己了。

『每個人看到你送給我的那張水彩畫也都說很漂亮。』林薇珠說，『但他們都不明白那隻豬爲甚麼住在衣櫃裡。』

那個衣櫃，本來是他的心。可是，現在他知道，一個衣櫃關不住一隻外向的豬。

8.

賴詠美躲在大學圖書館裡溫書，林薇珠把她的手提電話帶來了。

『你的電話留在房間了。』林薇珠說。

『喔，謝謝你。』賴詠美把電話放到背包裡去。

『剛才有一個姓葉的男人打電話給你，我說你忘記帶電話。』

『姓葉的？』賴詠美臉上流露詫異的神情。

『嗯。』

『他有沒有說些甚麼？』

『沒有呀，只說待會再打來。』

『他的聲音是怎樣的？』

『就是一般男人的聲音啊。怎麼啦？你又有新男朋友？』

『才不是呢。』

『那麼，他是甚麼人？』

『姓葉的，我只認識一個。不過，應該不會是他。』

『是以前的男朋友？』

『是中二那年和我一起私奔的小男友。』

『私奔？』

『是的，我曾經跟男孩子私奔。當時家人認爲我們年紀太小，反對我們戀愛，所以，我們一起離家出走。不過，也只是出走了二十九天。』

『是被家人抓回去的嗎？』

『我是，他不是。』

『爲甚麼從來沒有聽你提起？』

『或者是因爲憎恨他吧。』

『他還會再打電話來嗎？』

賴詠美低頭看著筆記，淡淡的說：『怎麼知道呢？』

深夜裡，她窩在床上聽夏心桔的節目。一個剛從法國回來度假的女孩子打電話到節目裡，說：

『十七、八歲的時候，我的日子過得很爛，常常換男朋友、抽煙、喝酒、在外面過夜。現在二十六歲了，只想好好愛一個男人，也好好愛自己。』

『人長大了，就會喜歡簡單，害怕複雜。』夏心桔說。

女孩說：『就是啊。可是有時候我也會懷念年少的荒唐。』

女孩忽然問：『夏小姐，你相信男人會永遠等一個女人回去他身邊嗎？』

夏心桔笑了笑：『我還沒有遇到。』

『也許有人在等你。』

良久，夏心桔說：『那麼，他也不會等到永遠的，總有一個期限。』

賴詠美的手提電話一直沒有再響起。幾個小時前打來的，應該是他吧？他就是這麼膽小的一個人，一點也沒有改變。

這樣想的時候，她的電話忽然響起來了。

『不好意思，這麼晚了還打電話給你。』對方說。

一聽到聲音，她就認出是葉衛松。

『你不是在英國的嗎？甚麼時候回來的？』

『是前天回來的。我要到北京大學當一年的交換生。』葉衛松說。

『你是怎樣找到我的？』

『是向舊同學打聽的。聽說你在香港大學。』

『嗯。你呢？』

『我在倫敦大學。』

『很厲害耶！喜歡英國的生活嗎？』

『那邊的生活很苦悶。』

『你不怕悶，你就怕苦。』她揶揄他。

『你還在恨我嗎？』

賴詠美笑了起來：『是很久以前的事了，那時大家都是小孩子。』

『我一直覺得對不起你。』

『你沒有對不起我，是我要你跟我私奔的。你當時也許只是想討好我，並不是眞的想離家出走。』

『我以爲你隨便說說，沒想到你來眞的。』

『果然是被迫的。』她笑笑說。

『也不能說是完全被迫的，那時是眞心喜歡你。』

那一年，她十三歲，葉衛松比她大兩個月。他們上同一班，她就坐在他前面。學校外面，滿植了冬青樹。夏天裡，常常可以聽到蟋蟀的鳴叫。那天很熱，走在樹下的時候，葉衛松告訴她，聽蟋蟀的鳴聲，可以知道氣溫。

『怎會呢？』

『眞的！』然後他問：『你的手錶有秒針嗎？』

『嗯。』她提起手腕。

他看著她腕上的手錶，說：『將蟋蟀在八秒內鳴叫的次數再加五，就是現在的攝氏溫度了。』

他們屛息靜氣數著蟋蟀鳴叫的次數。在那八秒裡，蟋蟀總共鳴叫了二十六聲。

『現在的氣溫是攝氏三十一度。』葉衛松神氣地說。

『蟋蟀是怎麼知道溫度的？』她不明白。

葉衛松揚了揚眉毛：『秘密！』

『告訴我嘛！』她拉著他。

『有機會吧。』他可惡地說。

從此以後，放學後在樹下一起聆聽蟋蟀的鳴叫，是他們最私密的時光。蟋蟀是他們的溫度計。

『你無恥！你爲甚麼看我的日記！』賴詠美罵她媽媽。媽媽偷看她的日記，發

現她跟葉衛松在談戀愛。

媽媽給了她一記響亮的耳光。

那天跟葉衛松在學校見面的時候，她說：

『我們離家出走吧。』

葉衛松嚇了一跳，問：『到哪裡去？』

『甚麼地方也可以，我媽媽要替我轉學校，我以後也見不到你了。』她哭著說。

『那我們甚麼時候走？』

『明天上學的時候就走。』

夜裡，賴詠美悄悄收拾了自己的東西。她整夜沒有睡，坐在窗前，幻想著自由而甜蜜的新生活。第二天早上，她跟葉衛松在車站會合。

出走的頭一個星期，他們白天四處遊蕩，晚上在公園露宿，身上的幾百塊錢很快就花光了。

那個晚上，他們疲倦地靠在公園的長椅上。

『還是回家吧。』葉衛松說。

『現在怎麼可以回去呢！我們去找工作吧！』突然之間，她問他：『你聽到嗎？』

『聽到甚麼？』

『是蟋蟀的叫聲。』她朝他微笑。

他抬頭看看旁邊一棵樹的樹頂，蟋蟀的叫聲是從那裡傳來的。

她幸福地靠在他懷裡，問他：『現在是幾度？』

隔天，他們在花店找到一份送花的工作。

『既然有錢，我們不用再去公園了。』賴詠美興奮地說。

『那去甚麼地方？』

『尖沙咀重慶大廈有許多賓館。』

『那裡很複雜的。』

『但是租金便宜。』

他們在重慶大廈一家賓館租了一個狹小的房間。那裡的住客，甚麼種族都有，都是些來香港找工作的人，空氣裡常常彌漫著一股難聞的汗味。

爲了省錢，賴詠美和葉衛松幾乎每天都是吃茄汁焗豆和白麵包。那個燠熱的夜晚，他們依偎在床上。

『你愛我嗎？』她問。

『愛。』他說。

『會愛到哪一天？』

『我也不知道。』他一邊吃茄汁焗豆一邊說。

『沒有期限的嗎？』

『沒有。』

她把頭靠在他的肩膀上，嚮往地說：『將來我們有錢了，也要開一家花店。』

『你喜歡花店嗎？』

『有了自己的花店，晚上就可以睡在店裡，在花香之中醒來。』她用滿懷的憧憬來抵抗著外面那股鹹腥味道。

『我們甚麼時候回家？』葉衛松忽然問。

她生氣了：『誰說要回家？要走你自己走。』

後來有一天，他們早上醒來，東湊西拼，兩個人加起來才只有幾塊錢，距離發薪水的日子還有三天，罐頭和麵包卻都吃光了。

『你去買點吃的回來吧。』她吩咐葉衛松。

『你想吃些甚麼？』

『只要不是茄汁焗豆就行了。』

『好的，我出去看看。』

葉衛松帶著他們所有的錢出去了。他去了很久很久，她餓著肚子等他，到了晚上，她開始懷疑，他已經跑回家了。

午夜裡，有人來拍門。她跳下床去開門，門外站著她消瘦了的爸爸和滿臉淚水

的媽媽。葉衛松回家了，並且出賣了她。

後來，葉衛松的家人把他送到英國寄宿，留下她一個人，在學校裡成爲同學的笑柄。她恨死他了。

她約了葉衛松在 **Konditorei** 見面。這是她最近發現的一家德國蛋糕店，有非常美味的李子蛋糕。她走過紛紛擾擾的街道，把重逢幻想了千百遍，終於來到了 **Konditorei**。葉衛松坐在那裡，他的樣子一點也沒有改變，只是好像一下子變大了，有點陌生。

『你變漂亮了。』葉衛松說。

賴詠美笑笑說：『當然了！不然爲甚麼要長大？』

『你的嘴巴還是跟從前一樣厲害。』

『你甚麼時候起程去北京？』

『過兩天就走了。我的家人早幾年都移民到英國去了，本來我可以直接飛去北京的，但是，我很想回來看看你。』

『你的嘴巴還是跟從前一樣甜。』賴詠美一邊吃李子蛋糕一邊說。

『你還在生我的氣嗎？』

『當時的確恨你，你不應該一聲不響地走了，還帶走了所有的錢。你知道嗎？我一直在賓館裡等你，幾乎餓昏了，沒想到你是那樣的人。』

『我不是有計劃回家的。那天，我拿著錢去買食物，你說不想再吃茄汁焗豆，可是，別的我都不夠錢買。人海茫茫，我愈走愈遠，走遠了，忽然覺得整個人都輕鬆了，就這樣走回了家。因爲害怕你一個人會出事，所以才會通知你爸爸媽媽。』

『我在捱餓的時候，你是在家裡享受豐富的食物吧？』她揶揄他。

葉衛松窘迫地微笑。

『多虧你，我從此不再吃茄汁焗豆，連續吃了二十幾天，茄汁焗豆是我的夢魘。』

『我在英國常常也吃茄汁焗豆。』

『當然了！它是你的救星，釋放了你。』

葉衛松吃吃地笑了。

『幸好你出賣了我，否則，我不會像現在這麼快樂。假如我們沒有回家，也許，我們很早就結婚了，然後生孩子，現在忙著帶孩子，每天爲生活奔波，再沒有夢想和自由。我才不想要那樣的人生呢，我應該感謝你。』

『眞的？』

『嗯。你也不會想要這樣的人生吧？』

『可是，有時候也會懷念那段年少荒唐的日子。』

『你現在有女朋友嗎？』

『有的，在英國。你呢？有男朋友嗎？』

『有兩個。』

『兩個？』

『很荒唐吧？』

『爲甚麼會有兩個？』

賴詠美笑了：『也許是年少的時候太認眞吧，所以現在要荒唐一下。』

『他們知道對方的存在嗎？』

『當然不能讓他們知道，知道的話，其中一個會離開我的。』

『可以同樣地愛兩個人嗎？你是怎樣做得到的？』

『你是想向我討教嗎？』

『喔，我是很專一的。』

『是嗎？那是我的損失了。』

『你甚麼時候來北京，我帶你去玩。』

『華氏溫度怎樣計算？』她忽然問。

『華氏？』他一頭霧水。

『你只教了我用蟋蟀的鳴叫來計算攝氏溫度，沒說華氏。』

葉衛松燦然地笑了：『將蟋蟀在十五秒之內的叫聲加四十，就是華氏溫度。』

『你仍然不打算告訴我蟋蟀溫度計的秘密嗎？』

『有些事情，說穿了便不好玩。』

『難道你是蟋蟀變成的？不然你怎麼會有這種法力？』

他咧嘴笑了：『給你一點提示吧，所有的生物，包括蟋蟀，包括人，都受到化學反應的支配。』

她洩氣地說：『這也算提示嗎？』

『你知道蟋蟀能說出溫度嗎？』夜裡，在床上，她把玩著關正之髮腳那一撮天然鬈曲的頭髮，說：『但我不會告訴你爲甚麼。』

『跟你私奔的小男友，長得帥嗎？』

『長得不帥，我怎會跟他私奔？』

『你們有做嗎？』

『那時根本不知道怎麼做。他一碰我，我就尖叫，把他嚇個半死。』

『爲甚麼尖叫？』

『害怕嘛！本來想試試看，結果變成兩個人滿頭大汗在床上對峙。』

關正之咯咯地笑了。

『你笑甚麼？』

『他可能是因爲這個原因才跑回家的。』

『因爲不可以和我做愛，所以就逃跑？』

『是因爲幻想和現實相差太遠了，覺得沮喪，所以回家。』

『男孩子是這樣的嗎？』

『可能也有一點羞愧吧。』

『假如那時跟他一起，就不會認識你了。那樣的人生，可能是詛咒。』她從床上爬起來，說：『我餓壞了，有東西吃嗎？』

『你不是買了李子蛋糕回來嗎？』關正之說。

『有沒有茄汁焗豆？』

『茄汁焗豆？好像沒有。你喜歡吃的嗎？』

『我去買。』她站起來穿上牛仔褲。

『我去買吧。』

『不，你不知道我喜歡吃哪一種。』

賴詠美在便利商店裡轉了一圈，茄汁焗豆剛好賣光了。

她一家一家便利商店去找，愈走愈遠，忽然明白了葉衛松的心情。在愛與自由之間，她義無反顧地選擇了自由。她一個人走在熙熙攘攘的街道上，漸行漸遠，整個人也輕鬆了。

她回到家裡，媽媽正在上網，爸爸在廚房做飯。

『詠美，爲甚麼回來也不說一聲？』媽媽問。

『是不知不覺走回來的。』她把茄汁焗豆交給爸爸，說：『爸爸，麻煩你，我想吃茄汁焗豆。』

『你不是從來不吃茄汁焗豆的嗎？』爸爸問。

『但是，今天很想吃。』

吃飯的時候，關正之打電話來。

『你在哪裡?』他緊張地問。

『在家裡吃飯。』她輕鬆地說。

『在家裡?不是說去買茄汁焗豆的嗎?我還在擔心你。』

『我是在吃茄汁焗豆呀。』她微笑著說。

賴詠美愉快地吃著碗裡的茄汁焗豆。人對於一種食物的免疫,也許都有快樂或者哀傷的理由。她知道,無論是今天或將來,再吃到茄汁焗豆,也不會是當年的味道了。

夜裡,她靠在床邊聽 Channel A。她記起了那個年少荒唐的女孩的故事,她有時候也會懷念那段出走的日子。她和葉衛松在幽暗的賓館裡,依偎在一起,窮得每天只能夠吃茄汁焗豆和白麵包,卻仍然憧憬著一片幸福的天地。那是年少時最荒唐的認眞。

9.

接近午夜的時候，徐雲欣晃蕩到這家二十四小時漫畫店。上一次來，她在這裡跟何祖康重逢，牽動了那段久已逝去的初戀。今天晚上，她一個人，寂寞得很，便又來了。

店裡的人很多，有人上網、有人看書，也有人在吃消夜和聊天。經過一列書架的時候，徐雲欣不知踢到甚麼東西，整個人踉蹌地跌了一跤。她回過頭去，看到一個男人的腳。那個男人躺在書架後面，露出了一雙腳，腳上穿著一雙黑色塑膠夾腳涼鞋。她覺得這雙腳有點面熟。

書架後面走出一個人來，好像剛剛睡醒的樣子，揉著眼睛說：

『對不起。』

『老師？』徐雲欣詫異地說。

郭宏川睜開眼睛，看到徐雲欣，尷尬地笑了笑。

『你也喜歡看漫畫的嗎？』徐雲欣好奇地問。

『偶爾吧。』

徐雲欣看到郭宏川身邊放著一個黑色尼龍行李箱和一個重甸甸的背囊。

『你爲甚麼帶著行李來？』

郭宏川一副難爲情的樣子：『給房東趕了出來。』

『原來你想在這裡過夜。你爲甚麼會被趕出來？』

『她大概是嫌我把地方弄得亂七八糟吧。』

『你打算以後也在這裡過夜嗎？』

『我明天會去找地方，現在太累了，先歇一歇。』郭宏川伸了個懶腰。

『我知道有個地方可以睡覺。』徐雲欣一邊說一邊拖著郭宏川的行李箱走在前

頭。

郭宏川望著她的背影，不禁笑了。他眞的搞不懂女人，爲甚麼她們總愛拉著他的行李走，後來又把他和他的行李一起趕走？葉嘉瑜是這樣，王亮怡也是這樣。難道這是他的命運？

『這裡就是了。』徐雲欣帶著郭宏川來到一幢出租公寓，說：『這兒可以日租，也可以月租，而且有人清潔房間。』

『你怎會知道這個地方的？』

徐雲欣指著公寓對面一幢灰白色的舊房子，說：『我家就在對面。』

郭宏川辦好住房手續，徐雲欣瞄瞄他的帳單：『嗯，你住五二〇，是幸運號碼啊。』

『是嗎？』郭宏川摸不著頭腦。

『五二〇，用國語來念，就是「我愛你」。』

郭宏川笑了，覺得有點諷刺，他剛剛被趕出來，竟然住在『我愛你』。

徐雲欣拉開睡房的窗簾，她家住六樓。她抱著膝頭，坐在窗台上期待著。對面那幢公寓每一層有五個房間是向著這邊的，不知道五二〇是不是也剛好在這一邊。

她擰開了音響，夏心桔的Channel A正在播Richard Marks的〈Right Here Waiting〉。徐雲欣哼著歌，無聊地把玩著窗簾的繩子。突然之間，她看到五樓其中一個房間的燈亮了。郭宏川拉開了房間裡一條米白色的紗簾，站在窗前。她雀躍地跟他揮手，他沒看見。她從窗台上跳下來，去找了一個電筒，然後，她擰亮電筒，向著郭宏川的窗口晃動。

當電筒的一圈亮光打在公寓六樓和五樓的外牆時，徐雲欣把電筒擰熄了。不讓郭宏川知道她可以看到他，不是更有趣嗎？以後，她可以偷偷的看他。

郭宏川說是被房東趕出來，她才不相信，看他那副落寞的樣子，該是被女朋友趕出來的吧。郭宏川是徐雲欣的老師，從上學期開始，他每星期來美專教一課攝影。

他個子高高，夏天總愛穿著一雙黑色塑膠夾腳涼鞋，一副很浪蕩的樣子。這樣的男人，看來也是提著行李在不同的女人家中流浪的。

第二天早上，徐雲欣帶了李子蛋糕，來到公寓找郭宏川。

郭宏川來開門的時候，睡眼惺忪。

『喔，老師，對不起，你還沒有醒來嗎？』

『沒關係。』

『我帶了蛋糕給你。』徐雲欣逕自走進房間裡。

郭宏川的行李箱放在地上打開了，裡面放著他這些年來珍藏的照相機。

『你有很多相機呢。』徐雲欣蹲下來，說：『我可以看看嗎？』

郭宏川一邊刷牙一邊說：『當然可以。』

徐雲欣拿起一部 Nikon FM2，說：

『這一部看來已經用了很久。』

『這是我剛剛學攝影的時候買的，是全手動的。』

徐雲欣又拿起一部 Nikon 801，問：

『這一部呢？』

『是第一個女朋友送的。』

『這一部呢？』徐雲欣拿起那部 Leica M6。

『是失戀的時候買的，很貴啊！那天卻十分豪氣，大概是覺得再沒有甚麼可以失去了。』郭宏川笑笑說。

『嗯，人在失戀時眞是甚麼事情也做得出來，我有一個女朋友失戀時買了一間房子。』

『那她眞是很富有啊。』

『才不呢，她付了訂金之後才知道自己根本沒錢買，結果白白賠了訂金，那是她全部的積蓄。』

『你這位朋友眞夠意思。』

『那座房子是在離島的，在山上，對著大海。那天她陪朋友去看房子，第一眼便愛上了那幢兩層樓高的歐式房子。她想躲在山上，哀悼那段消逝了的愛。』徐雲欣又拿起另一部樣子很有趣的相機，問：

『這是甚麼？』

郭宏川一邊吃蛋糕一邊說：

『這是海鷗牌。』

『海鷗牌？』

『中國製造的，但質素還可以，我買來玩的。』

『可以借我玩嗎？』

『隨便拿去吧。』

徐雲欣把相機收到背包裡。

『蛋糕很好吃。』郭宏川說。

『是我昨天在一家德國蛋糕店買的，不過那家店離這裡比較遠。你想買麵包的話，前面拐彎有一家麵包店，那裡的麵包很好吃，香蕉蛋糕更是無法抗拒的。我有朋友以前在這家麵包店工作，我跟他們很熟的，買麵包和蛋糕也可以打折。』

郭宏川笑笑說：『你的朋友眞多。』

『我那位朋友到麵包店工作是有原因的。』徐雲欣說。

『甚麼原因？不會又是失戀吧？』

『因爲她愛的男孩子很愛吃蛋糕，在那裡工作，便可以常常帶蛋糕給他吃。』

『眞有這麼癡心的女孩子？』

『你那個房東是不是很兇的？』徐雲欣問。

『也不算特別兇，她的工作不是很如意，脾氣自然不好。』

徐雲欣看到桌子上放著一部相機，她拿起來，問：

『這一部是甚麼？』

『這部 Voigtander Bessca-T 是老牌德國相機，剛剛給日本公司收購了，手工很精巧，是我跟女朋友分手之前買的。』

徐雲欣笑了：『你記事情的方法眞有趣，不是記著年份，而是用事件，尤其戀愛來記憶。』她頓了頓，說：『不過，我也是這樣。我上班啦，再見。』

『你在哪裡上班？』

『在設計公司。』

徐雲欣哼著歌走出房間，忽然又想起甚麼的，回頭說：

『你想吃東西的話，附近有一家日本拉麵店，很不錯的，就在麵包店旁邊。要寄信的話，走出門口轉右再轉左便是郵局了，超級市場就在郵局對面。』

『你對這一區很熟呢。』

『我也是剛搬來的，不過我喜歡四處逛。』

那天晚上下班之後，徐雲欣跑到拉麵店裡看看，果然見到郭宏川一個人，一邊吃麵一邊看雜誌。

『老師，你吃的是甚麼麵？』

『叉燒麵。』

徐雲欣坐下來，說：『這裡最好吃的便是叉燒麵。』然後，她要了一碗豬排麵。

『還要吃點甚麼嗎？我請客。』郭宏川說。
『眞的嗎？』徐雲欣燦爛地笑了。
『多虧你，我才不用在漫畫店過夜。』
『我還想要一碟煎餃子和一杯吟釀。』
郭宏川瞪大了眼睛：『你愛喝酒的嗎？』
徐雲欣點點頭，說：『吟釀是好酒呢。你有看過那套《夏子之酒》漫畫嗎？』
郭宏川搖了搖頭。
『就是寫吟釀的歷史的。吟釀是最高級的清酒，大部分是用新瀉縣產的山田錦米釀造的。』
服務生端來了一杯吟釀，顏色純淨如白玉。
『老師，你也要喝一杯嗎？』
『也好。你酒量很好的嗎？』
『嗯，很奇怪，我爸爸媽媽不大喝酒，我卻從小就很喜歡喝，小學六年級已經

偷偷喝威士忌，所以呢，男孩子要灌醉我，是妄想了。』

『你從來不會醉的嗎？』

『酒量好就有這個壞處，有些女孩子不開心時喝一罐蘋果酒便可以倒頭大睡，我卻不可以，而且，我怎麼喝也不會臉紅。基本上，我是個不會臉紅的人。老師，你的酒量好嗎？』

郭宏川笑了：『我會臉紅的。』

徐雲欣瞄瞄郭宏川手上的雜誌。

『老師，你也看女性雜誌的嗎？』

『今期的封面是我老闆拍的。』

『是嗎？我也有買這本雜誌。』她翻翻那本雜誌，翻到其中一頁，說：『我喜歡看王亮怡的生活專欄，她很感性。你認識她嗎？』

郭宏川靦腆地搖搖頭。

『老師，你知道吟釀爲甚麼叫吟釀嗎？』

『是喝了會唱歌的酒？』

『差不多了，因爲酒發酵時會發出像吟唱般的聲音。我也是看《夏子的酒》才知道的。』

『你是跟家人一起住的嗎？』

『嗯。』

『那爲甚麼不回家吃飯？』

『沒人做飯給我吃啊。我爸爸媽媽常常要去大陸做生意，所以只有我一個人。』

徐雲欣吃了一口豬排麵，說：『我有一個朋友，失戀時在這裡連續吃了三碗叉燒麵，肚子脹得連哭的氣力也沒有，走出門口就吐了一地。很長的一段時間，她沒法再吃叉燒麵，每次看見叉燒麵便會聯想到痛苦。』

『後來呢？』

徐雲欣低下頭吃麵，說：『從此以後，她沒法再吃叉燒麵了，只能吃豬排麵；雖然她知道這裡的叉燒麵是最好吃的。』

郭宏川啜飲了一口吟釀，說：『其實我有朋友認識她——』他指著雜誌上王亮怡寫的那篇文章。

『眞的？她是一個怎樣的人？長得甚麼樣子？』

『滿漂亮的，而且很聰明，只是脾氣不太好。』

『就跟你那位房東差不多？』

『嗯，是的。』

徐雲欣啜飲著吟釀，說：『據說，吟釀就像一首低迴的歌。』

郭宏川望著這個女孩子，覺得她有著這個年齡不該有的早熟。她跟他從前所認識的女孩子不一樣。她像一隻海鷗，不過是住在公寓裡的，愛自由卻又不敢離開地面太遠。

夏心桔的Channel A播放著Stanley Adams的〈What A Difference A Day Makes〉。公寓的燈一盞盞熄了，只餘下五二〇的燈還在夜色裡亮著。郭宏川坐在窗前的辦公桌，抱著一條腿在玩電腦。徐雲欣用那部海鷗牌相機對著窗口拍了一張又一張的照片。剛才喝進肚子裡的吟釀，變成一闋輕快的歌。

隔天，在美專上完了攝影課，一起離開學校的時候，郭宏川問徐雲欣。

『你用那部相機拍了些甚麼照片？』

她神秘地笑笑：『暫時還不能公開。』

她望了望他，忽然問：

『老師，你是不是常常讓女人傷心的？』

『爲甚麼這樣說？』

『你像是這種人。不是令人哭得死去活來的那種，而是會讓人傷心。痛苦和傷心是不一樣的。你像是甚麼都無所謂，不會不愛一個人，也不會很愛一個人，像是隨時會走的樣子。』

『通常是我被人趕走的。其實，我也曾經是很癡心的。』

『是甚麼時候？』

『那時我只有十五歲，愛上了一個女孩子。我們的家距離很遠，但我還是每天

堅持送她回家。如果那天晚上約會之後，第二天早上又有約會，我便索性在她家附近的公園睡覺。』

『想不到呢。』

『她嫌我太黏了，拋棄了我。』

徐雲欣咯咯的笑了起來，道歉：『對不起，我不該笑的。』

『沒關係，我自己想起也會笑，當時卻是很傷心的。』

『這是你的初戀嗎？』

『嗯。』

『你有沒有再見到她？』

『沒有了，一直沒有再碰到她。』

『如果碰到了呢？』

『也不知道會怎樣。剛剛分手的頭幾年，我搬了幾次家，但是一直沒有改電話號碼，我不知道她會不會有一天忽然想起我，想打一通電話給我。』

徐雲欣定定的望著他。

『甚麼事？』郭宏川詫異地問。

『我有一個朋友也是這樣，一直沒改電話號碼，當她終於改了電話號碼，竟然跟他重逢。』

『然後呢？』

『那個男孩子並沒有問她要新的電話號碼，也許他沒有勇氣開口吧。老師，男人是不是會一輩子懷念舊情人的？有人說，男人離不開舊愛，女人無法拒絕新歡。』

『男人懷念的，也許是當時的自己吧。』郭宏川說。

忽然，她問：『老師，男人是不是都愛逞強？』

『逞強？』

『嗯，爲了逞強而去追求一個女孩子，因爲他想贏另一個男人。』

『所有雄性都是愛逞強的，這是天性。』

『喔，是這樣嗎？』她低語。

後來有一個黃昏，公寓裡的燈一盞盞打亮了，郭宏川坐在五二〇的窗前打電腦，徐雲欣拿著那部海鷗牌相機遠距離地拍照。突然之間，郭宏川站起來，走去開門。門開了，一個女孩子走進來，女孩拿著背包，好像大學生的模樣。她進了房間之後，很輕鬆的扔下背包，郭宏川坐在窗前，女孩子親暱地坐在他的大腿上。郭宏川站起來把窗簾拉上。後來，燈熄了。她站在窗前，看著看著，有點寂寥，也有點酸。

『老師，你有女朋友嗎？』隔天，跟郭宏川在拉麵店吃麵時，她問。

『也算是吧。』

她不理解：『甚麼「也算是吧」？很不負責任呢。』

『她有其他男朋友。』

『你一直也知道的？』

『是猜的，她沒有說。』

『你不生氣的嗎？』

『也無所謂，她快樂就好了。愛情應該是自由的，不應該是束縛。』

『那麼，忠誠呢？』

『對自己忠誠就好了。』

『我不能同意啊。』她不以為然。

郭宏川笑了笑：『我年紀比你大很多，當你到了我這個年紀，便會接受這個世界上有各式各樣的愛。』

『你也不是比我大很多。』她咕噥。

郭宏川低頭吃著麵，她伸手去摸摸他耳朵後面的頭髮，忽然變出一隻紙摺的白色海鷗來。

『送給你的。』

『你會變魔術的嗎？』他驚訝地問。

『老師，你要來我家看看嗎？』

燈亮了，徐雲欣的家簡簡單單，家具都是籐造的，有點老氣。

『我爸爸媽媽是做籐器生意的，所以家裡很多籐家具，用來打人的籐條也特別粗，你等我一下。』

郭宏川坐到窗前那張安樂椅裡。徐雲欣從房間裡走出來，手上拿著一根長笛，站在燈下，吹出〈What A Difference A Day Makes〉。

歌吹完了，郭宏川站起來問：

『你會吹長笛的嗎？』

『學了一段時間。我喜歡長笛，長笛的聲音傷感。』她把長笛放回盒子裡，說：

『魔術也是教長笛的老師教我的，他伯伯是魔術師。』

郭宏川站在窗前，無意中看到對面那幢公寓。

『從這裡看出去，原來可以看到我住的那幢公寓。』他望著她的眼睛說。

徐雲欣微笑不語。

良久之後，郭宏川說：

『我要搬了。』

『爲甚麼？』

『這裡的租金不便宜。』

徐雲欣一副失望的神情，問：

『你甚麼時候搬？』

『我明天要去泰國拍照，從泰國回來便會搬走，大概是下星期初吧。』

她低下頭，沒說話。

『我會常常回來吃拉麵的，那家拉麵店的叉燒麵是我吃過最好的，還有他們的吟釀。』

『一言爲定啊！』

『嗯。』

『老師，你等一下。』

徐雲欣走進睡房，拿了那部海鷗牌相機出來。

『還給你的。』

郭宏川接過相機：『你眞的不打算讓我看看你的作品嗎？』

她微笑搖頭。

他忽然問：『離島那幢對著大海的房子是甚麼顏色的？』

『白色。』她回答，『可以看到成群的海鷗。』

說了之後，她才發現這等於招認了那個失戀時買房子的朋友根本就是她自己，一口氣吃了三碗叉燒麵的也是她。

『你的房東長得漂亮嗎？』她問。

『滿漂亮的，就是脾氣不太好。』郭宏川回答。

她笑了，好像獲得一個小小的勝利、一種微妙的了解。

夜裡，她擰熄了睡房的燈，窩在沙發上，一邊吃李子蛋糕一邊聽 Channel A 播的〈What A Difference A Day Makes〉。突然之間，她發現一團亮光從外面射進來，投影在白色的牆壁上。她把蛋糕放下，爬到窗台往下望，看到郭宏川站在『五二〇』的窗前，晃動著電筒微笑跟她打招呼。她連忙去拿了電筒向著那邊晃動，像揮動一根指揮棒那樣，回答了他的呼喚。這大概也是離別的吟唱，綻放如黑夜的亮光，在寂寥的時刻低迴不已。

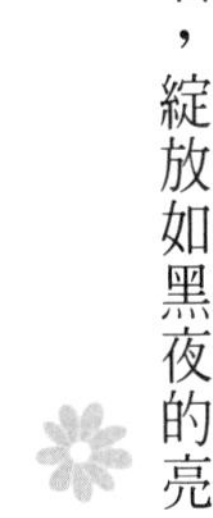

10.

半夜裡，王亮怡被電腦『嗶滋嗶滋』的聲音吵醒了，她爬起床，走出客廳，看到穿著汗衫、短褲和夾腳拖鞋的郭宏川，抱著一條腿，正在玩電腦遊戲。她光火了，走到他後面拔掉電腦的插頭。

電腦畫面一片漆黑，郭宏川呆了半秒，回頭看見怒氣沖沖的王亮怡，他正想說些甚麼，她連珠炮發的說：

『我跟你說了多少遍，你玩電腦的時候不可以把聲音關掉的嗎？』

『我忘記了。』他陪笑說。

『忘記了？你倒忘記得輕鬆！人家趕稿趕了一整天，剛剛睡著，便給你吵醒

了！你就不能爲人設想一下嗎？』

『好的，好的。』他一邊道歉一邊彎下身去重新把插頭插上，繼續玩他的電腦遊戲。

幾秒鐘之後，他突然聽到王亮怡的一聲尖叫。他回過頭去，看到她從廚房走出來。

『甚麼事？』他連忙問。

『是誰吃了我的餅乾？』

『甚麼餅乾？』他莫名其妙的問。

『在馬莎百貨買的那包杏仁餅！』她激動地說。

『那包杏仁餅？』他想起來了。

『你見過嗎？在哪裡？』

『我剛剛覺得肚子餓，吃了。』

『你吃了我的餅乾！』她走到他身邊，這時才發現他坐的那張椅子下面，全是餅屑。電腦旁邊，放著三瓶喝完的啤酒。

『你爲甚麼吃了我的餅乾？』她扠著腰問他。

他囁嚅著說：『我不知道是你的。』

『這間屋裡的東西，不是我的，還會是誰的？你甚麼時候買過一包餅乾、一瓶啤酒回來？』

『我明天還給你，好嗎？』

『我現在就要吃！那包餅乾是我準備半夜肚子餓的時候吃的！那是我最喜歡吃的杏仁餅，你竟然全部吃掉！』她氣得想哭。

『不過是一包餅乾罷了，你用不著發這麼大的脾氣。』他一邊玩電腦一邊說。

王亮怡氣得用身體擋著電腦螢幕，說：

『現在反而是我不對了？』

『既然我已經吃了，你生氣也沒用。』他說。

『你就是這樣的！甚麼都理所當然！甚麼都無所謂！』

『你扯到哪裡去了？』

『整天打電腦，你不用工作的嗎？』

『這陣子不用開工。』

『你難道不可以積極一點的嗎？』

『沒人找我拍照，難道要我自動請纓嗎？』

『你就是這副德行！我不知道我是怎麼忍受你的！』她一邊說一邊拿出吸塵器在他面前吸掉地上的餅屑。

『你把垃圾拿了出去沒有？』她問。

吸塵器轟轟的響，郭宏川聽得不清楚。

『甚麼？』

她關掉吸塵器，問：『你把垃圾拿了出去沒有？』

『我現在去。』他站起來說。

她扔下吸塵器，說：『不用了。』

她走到廚房，把垃圾袋綁好，放到外面去，然後悻悻的回到床上。

直至夜深，她躺在床上，只聽到自己肚子裡的咕咕聲和郭宏川在身旁發出的鼻鼾聲。她沮喪地望著天花板，無奈地等待著睡眠漂來。

隔天，王亮怡在Starbucks一邊喝咖啡一邊向徐潔圓訴苦，徐潔圓禁不住笑了。

『你們就是爲了一包餅乾吵架？』

『我們沒吵架，我跟他是吵不起來的，他甚麼都無所謂，甚麼都不在乎，說得好聽一點是瀟灑，說得難聽便是吊兒郎當。』

『你當初不就是喜歡他這一點嗎？』

『那時的他，不是現在這樣的。』

『我覺得他一直也是這樣，變的是你。』

『我沒變，是他不長進。這一年來，房租是我付的，家裡的開支，也是我的，他碗也沒洗過一個，從來不會幫忙做家務，我只是個陪他睡覺的菲傭！』王亮怡愈說愈氣。

徐潔圓定定地望著她，說：

『當初好像是你把他帶回家的。』

王亮怡噘著嘴巴：『不用你提醒我。』

兩年前，她是一本女性雜誌的助理編輯，郭宏川是攝影師的助手。第一眼看見他，她就留下了深刻的印象。他臉上永遠刮不乾淨的鬍子、微笑的眼睛、鉤鼻和略帶殘酷表情的嘴巴，還有他工作時專注的表情，在在都教她著迷。

那個時候，他們常常在拍攝的空檔聊天。他會和她一起研究照相機，教她拍照的技巧。她本來不喜歡男人穿涼鞋的，但是郭宏川穿涼鞋很有型，他愛穿那種便宜的、黑色塑膠夾腳涼鞋，露出十隻可愛的腳趾，灑脫的像去海灘的樣子。

『這種塑膠涼鞋對腳底健康不好的。』一天，她跟他說。

『管它呢！舒服便好了，我走萬里長城也是穿這雙涼鞋。』

『眞的很舒服嗎？讓我試試看。』

郭宏川脫掉一隻涼鞋給王亮怡。她把那一隻還留著他體溫的涼鞋穿在腳上，鞋子很大，像小孩子穿了大人的鞋。

『你的腳眞大。』

郭宏川笑笑說：『聽說腳大的人很懶惰。』

王亮怡望著自己腳上的涼鞋，說：

『我穿不慣夾腳鞋。』

『我從小已經習慣了。穿這種鞋子，低下頭看見自己雙腳時，剛好看到兩個「人」字，覺得自己是在做人，人呀人！』

王亮怡噗哧一笑：『你要這樣才知道自己在做人嗎？』

『嗯。那樣我才可以提醒自己要腳踏實地，不要太多理想。』

『有理想不是很好嗎？』

『女人會覺得這些東西不切實際。』

『沒有理想的人生，根本是很貧乏的。』她朝他微笑。

第二天，王亮怡跑去買了一雙夾腳涼鞋。可是，她終究是穿不慣這種鞋子，結果，腳趾頭和第二隻腳趾之間，紅腫了一片。幾天後，她只好買過一雙交加帶的。穿上這種涼鞋，她覺得自己也浪蕩起來了，更像郭宏川。

當一個人愛上另一個人，便會開始模仿對方，說話的語氣愈來愈相像，品味與氣質也愈來愈接近，漸漸忘記了自己是在模仿，以爲自己本來便是這個樣子。

王亮怡覺得自己的嘴巴也開始有著略帶殘酷的表情了。

一天晚上，拍攝的工作到深夜才結束，她和郭宏川走出攝影棚所在的那幢工廠大廈時，一輛ＢＭＷ摩托車高速駛來，戛然停在他們跟前。騎車的是個女人，蓄著一把長直髮，戴著一個鮮紅色的安全帽，回頭向郭宏川微笑。郭宏川戴上安全帽，坐到車上，攬著女人的腰，朝王亮怡說：

『再見。』

摩托車駛離她身邊。她早就打聽過了，郭宏川有個同居女朋友，是模特兒來的，會騎摩托車。

女人騎摩托車眞酷啊！何況是漂亮和修長的女人！她憑甚麼跟人家搶呢？剛才，她留意到那個女人是穿一雙黑色運動鞋的，人家有自己的風格，不用穿夾腳涼鞋。她低下頭，望著自己十隻腳趾，突然覺著一些卑微。

『我想去學摩托車。』隔天跟徐潔圓一起吃義大利菜的時候，她說。

徐潔圓瞪大了眼睛：『很危險的！』

『我們一起去學好嗎？』

『符傑豪才不會讓我學。你爲甚麼忽然想學摩托車？』

王亮怡翻開剛剛買的一本雜誌其中一頁，指著書上穿三點式游泳衣的模特兒，問徐潔圓：

『你覺得她漂亮嗎？』

『她的腿很長，很漂亮啊，有沒有四十四吋？』

王亮怡沒趣的說：『你也不用稱讚得這麼厲害吧。她就是郭宏川的女朋友，叫葉嘉瑜。』

『怪不得。』徐潔圓笑笑說：『你學摩托車是跟她有關的嗎？』

『我和她怎麼比？』

『要我說老實話嗎？』

『儘管說吧。』

『內在美也是很重要的。』

『哼！廢話！』她捧著那本雜誌，搖著頭說：『大概這輩子也輪不到我了。男人當然寧願被四十四吋的美腿纏著也不要三十九吋的。』

『你腿長不是三十七吋嗎？』

王亮怡沒好氣的說：『你不要那麼殘忍好不好？我有時是三十九吋的，我的腰高嘛！』

『郭宏川眞有你說的那麼好嗎？』

王亮怡揚了揚眉毛，說：『我的眼光一向也不錯。他很有才華的，將來肯定會成爲一流的攝影師。』

『攝影師會不會很風流？』

『他不是。』

『你怎麼知道？』

『我看得出來。』

徐潔圓笑了：『你眞的被他迷住了。像你這麼要強的女人，竟然會暗戀別人，從前眞是無法想像。他知道嗎？』

『喜歡一個人，用不著讓他知道的，免得他沾沾自喜。』可是，她又有些難過：『他知不知道也沒關係，反正我們是不可能的。』

『因爲腿不夠長？』

『有個定律，叫先到先得。』

『愛情常常是違反定律的。』

王亮怡忽然感觸起來，眼裡泛著淚光，說：『爲甚麼他不屬於我呢？』

徐潔圓嘆了口氣，說：

『這個問題有多麼笨呢。』

她自嘲說：『是的，說得那麼幼稚，好像從沒見過世面似的。』

『你眞的打算去學摩托車嗎？』徐潔圓問。

王亮怡茫然說：『我還沒決定。』

半年後的一天，她和郭宏川正在攝影棚裡拍一輯時裝照。攝影棚的大門突然砰的一聲打開，葉嘉瑜拖著一個黑色尼龍行李箱進來，重重的把那個行李箱扔在郭宏川面前。

『郭宏川，這是你放在我家裡的東西。』葉嘉瑜悻悻的說。

在大家吃驚的目光下，她泰然自若地轉過身去，離開了攝影棚。

郭宏川尷尬地把行李箱推到一邊，說：

『對不起，我們繼續吧。』

那天拍照一直拍到午夜，攝影師和模特兒都走了，留下郭宏川收拾東西。

『你們分手了嗎？』王亮怡問。

郭宏川笑笑說：『應該算是吧。』

『你今天晚上有地方睡嗎？』

『我可以在這裡睡的。』他說。

她一聲不響，走過去拖著他的行李箱，走在前頭，說：

『來我家吧。』

從那天開始，郭宏川就住進她家裡。她的家裡，從此多了一雙夾腳涼鞋和一雙夾腳拖鞋。

同住之後的那個晚上，郭宏川靠在沙發上，王亮怡的頭幸福地枕在他的大腿上，雙手反過去勾住他的脖子。

『你和她爲甚麼會分手？』她問。

『可能她對我失望吧。』

『你做了甚麼事情讓她失望？』她一邊用手指頭戳他的鬚根一邊說。

『我不需要做些甚麼的，可能是她從前太美化我吧。』

『美化？』

『女人都是這樣的，喜歡一個男人的時候，會把他在心中美化，他明明只值七十分，她會以爲他值一百二十分。兩個人一起生活之後，她才發現他也不過是個凡人，並不是她想像的那樣。到了這個時候，他在她心中，就只值五十分。』

『我不是這種女人。』

『女人都是差不多的，這是天性。』

『將來你會知道。』她一邊說一邊把腿抬高，噘著嘴巴問他：

『我的腿是不是很短？』

『不短。』他說。

她嘆了口氣，略帶遺憾的說：『三十九吋半，是太短了。』然後，她坐起來，用兩條腿纏著他，笑嘻嘻的咬他的耳朵。

郭宏川沒說謊，腳大的人眞是比較懶惰。住進來之後，他從不幫忙做家務，她抹地的時候，他唯一做的事情，便是把雙腳提起，然後繼續玩電腦。他的錢都是用來買照相機和雜誌的。雖然天天在家裡穿著夾腳拖鞋，他卻一點也不腳踏實地，一直甘心情願當攝影助理，每星期到美專去教一課攝影。

『問題不是他吃了我的餅乾，而是他令我太失望了。』她跟徐潔圓說。

十一點半了，Starbucks裡的店員排成一列，同聲喊：『LastOrder!』

『走吧，LastOrder了。』王亮怡放下手裡的咖啡杯，惆悵地站起來。

郭宏川還沒有回來，她蜷縮在床上，很難描繪那種淡漠。你本來很愛一個人，可是，當所有的失望累積到了一個臨界點，連愛也再提不起勁了。

郭宏川回來了，她假裝睡著。他一如以往，總是弄出許多聲音，不在乎會不會把她吵醒。

終於，他爬到床上，背對著她睡了，兩個人沒說過一句話。

後來有一天晚上，王亮怡去參加中學同學會的聚餐，符傑豪喝了酒之後，高談闊論，不斷批評大學生的質素。她沉不住氣，說：

『不是所有大學生都是這樣的。』

符傑豪指著她，問：『亮怡，你一個月賺多少錢？』然後，帶著嘲笑的眼光，他說：『還不到一萬五吧？我店裡的店員，只要勤力一點，每個月也不止賺這個數目呢！』

『這個世界上還有一樣東西叫理想的！』她恨恨地說。

她生徐潔圓的氣，一定是徐潔圓告訴符傑豪她每個月賺多少錢的。她生符傑豪的氣，他是個自卑又自大的可憐蟲。她生自己的氣，也生郭宏川的氣，他爲甚麼不長進一點，爲她掙一點面子？

她憋著一肚子氣回到家裡。門打開了，她看見郭宏川正在把玩一部新買的照相機。

『你又買照相機？』

郭宏川興奮地說：『這部VoigtlanderBessa-T是老牌德國相機，剛剛給日本公司收購了，你看它的機身和手工多精巧！』

『多少錢？』她壓抑住怒火問。

『才六千塊。』

『那差不多是我半個月的薪水，你眞會花錢！』

『是物有所値的。它還可以配 Leica 的M型相機鏡頭呢。』

王亮怡一聲不響地把他那個黑色尼龍行李箱扔出來，衝進睡房，打開抽屜，把郭宏川的衣服，還有內衣褲，統統扔進箱子裡。然後，她跑進浴室，把所有他的東西都摔到那個箱子裡：他的毛巾、他的牙刷、他的剃鬚刀。

『你幹甚麼？你瘋了嗎？』郭宏川蹲在地上撿起自己的東西。

王亮怡歇斯底里地喊：『我受夠你了！你走吧！』

他窘迫地站著。她看到茶几上有一個膠袋，她拿起那個膠袋，把那個膠袋也扔進行李箱去。膠袋裡的東西掉到地上，是兩包馬莎百貨的杏仁餅，她愣住了。

『今天去買給你的。』他說。

她拾起兩包餅乾，放在一旁，把行李箱合上，跟郭宏川說：『謝謝你的餅乾，再見。』

郭宏川掀掀那個略帶殘酷表情的嘴巴，提著行李箱走了，只留下一雙夾腳拖鞋。

她不用爲他擔心，也許，很快便會有另一個女人收留他。她太累了，累得沒有氣力去光談理想。

夜裡，外面狂風暴雨，她的膝蓋隱隱地痛，那是跟郭宏川同居之前，學摩托車時從車上摔下來跌傷的。每逢下雨天，膝痛便會發作，好像在提醒她，她曾經那樣無悔地愛過一個男人。

11.

方明晞坐在Starbucks裡，啜飲著一杯caffelatte，把玩著左手手腕上一串樸拙的銀手鐲。三年了，她離開香港的時候，香港還沒有這種咖啡店。這一刻，重聚的亮光在她心頭點起，她的臉有點發熱。她看著街外的風景，想像待會再見的人會變成甚麼模樣。

她猛地抬頭，關正之已經朝她走來了。

她熱情地揮動左手跟他打招呼，噹啷噹啷的金屬聲是重聚的聲音。

『你來了很久嗎？』他問。

『不是的，你喝點甚麼，你先去買。』她說。

『好的。』他靦腆地點點頭，然後轉身走向櫃台。

她盯著那個久違了的背影。她從來就喜歡看男人的背影，看著男人在看不見她時的姿態，那是他們最眞實的一刻。

關正之的背影有點緊張，他兩邊的肩膀向脖子靠攏。闊別多年，他沒甚麼改變，髮腳的一小撮頭髮永恆地捲起，像一條小豬尾。

關正之買了一杯 expresso，在她面前坐了下來。

『你好嗎？』方明晞朝他微笑。

他笑笑，問：『甚麼時候回來的？』

『回來幾天了，還怕找不到你呢，幸好你的電話號碼沒有改。』

『是回來度假呢，還是甚麼的？』

方明晞用手支著頭，笑笑說：

『就是想離開巴黎一段時間。』

『你的手鐲很漂亮。』關正之說。

『喔，是非洲手鐲來的，上面刻的都是非洲女人的樣子，笨笨的，很可愛。你不嫌吵嗎？』

關正之搖搖頭。

『從前你總說我很吵。我喜歡把甚麼都掛在身上，耳環啦、手鐲啦、戒指啦！』

『這是你的特色，每次聽到噹啷噹啷的聲音就知道是你。』

『我現在只戴手鐲，其他的都不戴，太累贅了。你這幾年好嗎？』

『不過不失吧。你呢？』

『我是一貫的無所事事啦。』方明晞咧嘴笑了。

『在法國都做些甚麼？』

『念時裝設計，不過還沒畢業。』

『你一向有這方面的天分。』

『不是啦。學校裡高手如雲，我是很平凡的。』

『喜歡巴黎的生活嗎？』

方明晞點點頭：『習慣了。巴黎的步伐比香港慢，連時間也好像過得比較慢，有許多空閒去胡思亂想。』

『是不是已經習慣了吃法國菜？』

方明晞笑笑說：『其實我常常跑去吃越南菜，法國有全世界最棒的越南菜。你去過法國沒有？』

關正之搖搖頭。

『你該去看看的。』然後，她說：『在巴黎，我有做兼職呢。』

『甚麼兼職？』

『你一定猜不到了。我這麼膽小，竟然在一家動物標本店兼職，那家店叫**Deyrolle**，在聖日曼區，從一八三一年開始搜集和製造標本。店裡有斑馬、獅子和野豹的標本，還有麋鹿和山雞，也有昆蟲，很多很多呢！都是已經不會跑不會飛的東西。起初覺得很可怕，尤其是成天望著那個麋鹿頭，不過現在已經習慣了。幸好，人死了不會製成標本。』

『有些人會的。偉人死後便會被製成標本，給人瞻仰。』

『幸好我絕不會成爲偉人。』方明晞低下頭笑了。

『你的咖啡喝完了，我去替你買一杯。』關正之站起來說。

『好的，謝謝你。』

『還是要一樣的嗎？』他問。

她點點頭。

關正之轉過身去，走到櫃台。方明晞看著他的背影出神。重聚是一種時間的回復，忽爾讓她穿過歲月的斷層，回到那傷感的過去。

那年，她周旋在關正之和杜一維之間。她是先認識杜一維的，那段三角關係糾纏了差不多一年，她沒法在兩個人之間選擇一個，她的確是兩個都愛。一天，她哭完了，忽然想到解決的辦法，就是離開。

在機場，她打了一通電話給關正之，他並不知道她已經提著行李準備不辭而別。

『答應我，你要好好的生活。』她說。

『發生了甚麼事？』他在電話那一頭著急地問。

『你先答應我啊。』她叮嚀。

『嗯。』

『假如有天不見了我，你會想念我嗎？』

『嗯。』

『假如我不再回來呢？』

『我會等你。』

『你總會愛上別人的。』她說。

『我會永遠等你。』他情深地說。

她輕輕地嘆了口氣，握著話筒的手垂了下去，又提起來，手腕上的銀手鐲，噹啷噹啷的響，是離別的聲音。

她為了逃情而去巴黎，結果卻在那邊瘋狂地愛戀著一個男人。同居六個月裡，她和那個男人幾乎天天吵架，後來，他走了，她留下來念法文，也愛上了其他男人。

『你的咖啡。』關正之把一杯 caffelatte 放在她面前。

『謝謝你。』

『你住在哪裡？』他問。

『我住在朋友家裡。可以把電話借給我嗎？我看看她回家了沒有，我出來的時候忘記帶鑰匙。』

她用關正之的行動電話打了一通電話，然後說：『我朋友在家裡，我要回去了，要人家等門不是太好。』

『我送你。』

『嗯。』

『你還是單身嗎？』回去的路上，她問。

『喔，是的。』他說。

分手的時候，他靦腆地說：『我再找你。』

她微笑點頭。

『回來啦？你到哪裡去了？』王亮怡一邊開門一邊說。

『我去找一個舊朋友。』

『我還以爲你在家裡，有李子蛋糕，有沒有興趣？』

『好啊！』她一邊吃一邊問：『這是甚麼蛋糕？酸酸甜甜的，很好吃。』

『是德國蛋糕。有同事今天去採訪那家蛋糕店，帶了一個回來，剩下半個，很好吃，我帶回來做晚餐。』

『我剛剛去見以前的男朋友，其實也不知算不算是男朋友，因爲跟他一起的時候，我是有男朋友的。』

『他現在怎麼樣？』

『我猜他已經有女朋友，他說起話來很隱晦的，可能是怕我不開心吧。』

『現在是甚麼年代了？身邊這麼多人轉來轉去，很快就可以愛上一個。』

方明晞瞟了瞟她，說：『那你呢？』

『哪有這麼快？我才剛剛把他趕出去。你早一點回來，就沒地方給你住了。』

『你沒告訴我爲甚麼把他趕出去？』

王亮怡聳聳肩：『就是開始嫌棄他囉！』

『女人是不是都是這樣的？起初很愛一個男人，覺得他甚麼都好，後來就嫌棄他了。』

『你是嗎？』

『我通常在嫌棄他們之前就跑掉。我喜歡留一個美好的回憶。』

『有時候，這種想法是很一廂情願的。當你要跟一個人分手，那個回憶對他來說，怎會美好？』

『我們並沒有正式分手，是我不辭而別。』

『你回來是要找他嗎？』

方明晞笑笑：『我的確是想尋找一樣東西，一樣不知道是否仍然存在的東西。』

隔天，她接到關正之的電話。

『那天你用我的電話時，留下了你朋友家裡的電話號碼，所以我試試看。你有時間吃頓飯嗎？』

關正之帶著方明晞來到中區荷李活道一家越南餐館。這家餐館是洋人開的，室內的布置很西式，一點也不像吃越南菜的地方。

『你說喜歡吃越南菜，所以我帶你來試試。不過這裡的越南菜有點西化，應該比不上你在法國吃的。』

『我只要吃一碗生牛肉粉便分得出高下了。』

方明晞點了一碗生牛肉粉。

『味道怎麼樣？』關正之問。

『味道很不錯，不過還是法國那邊做得比較好。放假的話，你一定要過來玩，我帶你去吃。』

他尷尬地說：『自從你去了法國之後，我就不敢去法國了。』

『那時我實在沒有更好的辦法。人困在一段複雜的關係裡，總以為是世界末日，抽身而去之後，才發現世界是很遼闊的。』然後，她說：

『巴黎左岸有一家玫瑰花店，名叫aunomdelarose，是我很喜歡的。有錢的時候，我會去買花。店裡只賣十七世紀品種的玫瑰，顏色美得無話可說。在付錢處的小小櫃台上，永遠放著一本白朗寧的詩集，而且永遠停留在同一頁，標題是——You'lllovemeyet，你總有愛我的一天。』

『法國就是一家花店也比別的地方浪漫。』

『以前也有男孩子跟我說過這句話，不知道是他自己說的，還是在白朗寧的詩集上看到的。』

『你後來有愛上他嗎？』

方明晞笑著搖頭：『可能那一天還沒來到吧。』

停了很久之後，她問：

『你呢？有沒有女朋友？』

『嗯，她正在念大學。』

『那不是比我年輕嗎？男人眞幸福啊，隨時也可以找個更年輕的女朋友。』

關正之一副難爲情的樣子。

『你後來是怎麼知道我去了法國的？』

『你寄過一張明信片給我。』

方明晞恍然大悟：『是嗎？我都忘記了。』

『我在明信片上寫些甚麼？』

『你寫的是法文。』

方明晞不禁笑了起來：『我爲甚麼會寫法文？你根本不會法文。』

『所以我到處去問人，終於找到一個朋友的妹妹的同學，她會法文。』

『我寫了些甚麼？』

『我都忘了，也許因爲不是母語的緣故吧。』關正之尷尬地摸摸腦後那撮鬈曲的頭髮。

他沒說的是：那個幫他翻譯的女孩子就是賴詠美，後來成了他的女朋友。而他的確忘了明信片上寫些甚麼，只記得當時很傷心。她在的時候，身上的首飾總是噹啷噹啷的響，她走了之後，他的世界也變寂靜了。

『你呢？你有男朋友嗎？』他問。

『放心吧，我不會沒人喜歡的。』她托著頭說。

『甚麼時候回去法國？』

『還沒決定。』

他送她回家的時候，她說：

『我要去買點東西。在王亮怡家裡住了這些天，總要幫人家補給一下食物。』

『我陪你去。』

在超級市場裡，她買了麵包、水果和酒。

『你有沒有看到茄汁焗豆？忽然很想吃。』她說。

『你也喜歡吃的嗎？』他詫異地問。

『怎麼啦？你也認識很喜歡吃茄汁焗豆的人嗎？』

關正之搖了搖頭，彎下身去，在貨架上替她找茄汁焗豆。

她望著他的背影，突然有點感動。

他找到了，站起來問她：『是這一種嗎？』

她微笑點了點頭。

關正之替她付了錢，幫她提著東西回家。

道別的時刻，她熱情地揮動左手，手腕上的銀手鐲在寂靜的夜裡噹啷噹啷的響。

他回過頭去，燦然地笑了。

她和關正之曾經有過美好的時光，他總是在她身邊叨念著愛她。那天，他在電話那一頭說會永遠等她，她感動得幾乎想留下來。可是，他說的，他已經忘了。

無法一起的時候，男人說會永遠等你，也許不過是一種風度和禮貌，或者一個期待。她在失意的時候回來，並不是想回到他身邊，只是想知道像這樣的一個承諾是否仍然存在。她也不知道杜一維現在怎樣。杜一維沒說過等她。或許，他已經有另一個女人了。

縱使愛不會變，形勢總會變。

人總有不愛另一人的一天。

這一天，王亮怡在家裡接到關正之的電話。

『方明晞走了，她有一些東西留給你，你過來拿可以嗎？』王亮怡說。

『她去了哪裡？』來到的時候，他問。

『她跟朋友去了西藏。』

沉默了很久之後，他問：『你跟她是怎麼認識的？』

『她幫我們雜誌寫一些巴黎的事情，你沒看過嗎？』

『我不知道她有在香港寫稿。』

『我給你一本拿回去看看。』王亮怡拿了一本雜誌給他。

『謝謝你。』

『我想她大概不會回來了。』

『喔。』他有點失望。

在地鐵車廂裡，他翻開那一頁，方明晞寫的正是巴黎左岸那家玫瑰花店——你總有愛我的一天。

他曾經沒有一天不愛她，也說過永遠等她。那一夜，那串銀手鐲的聲音，再一次在他心裡迴蕩。這離別的聲音，也許再聽不到了。

他打開她留給他的東西，是一盒蝴蝶標本。精緻的木盒裡，排列著十六隻青玉星蛺蝶的標本。

方明晞坐在飛往拉薩的飛機上，想到關正之可能已經收到她的禮物了。那十六隻由小到大排列的青玉星蛺蝶深沉而強烈的藍色，是因爲日光照射在牠們翅膀上的鱗片而造成的。製成了標本，永不會褪色，也不會隨著歲月消逝。

舊愛已成標本，沒有生命，也再飛不起來了，只留下一場美好的相逢。

她揮揮左手，向空姐要了一杯礦泉水。

關正之把標本放在大腿上，忽然聽到噹啷噹啷的聲音，他猛地抬起頭，一個女孩子在他身邊坐了下來，膝蓋上放著一盒蛋糕，左手手腕上戴著一串閃亮的銀手鐲。

CHANNEL A 系列

張小嫻作品21

那年的夢想

CHANNEL[A]I

年輕時我們都曾愛得無法無天過，但它會去傷害別人，也會摧毀了自己。
是否我也曾相信，無法無天的愛才是愛？
即使有得救，我們也寧願沒得救……
張小嫻最新的小說系列——『CHANNEL A』，不僅帶給我們對愛情的深刻領悟，也給我們一個全新的世界，你會發現故事裡的人物走了出來，繼續成長，有了自己的生命和氣息；你也會發現故事中的人物其實就在你身邊，更或許那個人其實就是你自己……

定價◎ 200 元

張小嫻作品24

蝴蝶過期居留

CHANNEL[A]II

愛情天后張小嫻繼《CHANNEL A I——那年的夢想》後推出『CHANNEL A』第二集。
除了延續前集的風格：小說裡的人物都在某個時空交接，或擦肩而過，或相遇相愛，或是離別之後被思念折磨……串連不同個性的男男女女，呈現他們面對愛情的態度與心情之外，更將現代都會男女脆弱易變的心靈描寫得更加淋漓盡致，讓人在讀完之後，玩味不已。
在這個什麼都無法確定的年代，或許只有張小嫻能讓你我永遠期待！

定價◎ 200 元

國家圖書館出版品預行編目資料

魔法蛋糕店 / 張小嫻著.
‥初版‥臺北市：平裝本，2002【民91】
面　；公分，‥（皇冠叢書：第 3211 種）
〔張小嫻作品：25〕
ISBN 957-33-1889-X（平裝）
857.7　　　　　　　　　　91012410

皇冠叢書第 3211 種

張小嫻作品 25

魔法蛋糕店

作　　者—張小嫻
發 行 人—平鑫濤
出版發行—皇冠文化出版有限公司
台北市敦化北路 120 巷 50 號
電話◎ 2716-8888
郵撥帳號◎ 1526151～6 號
香港星馬—皇冠出版社（香港）有限公司
總 代 理　香港灣仔告士打道 80 號 16 樓
電話◎ 2529-1778　　傳真◎ 2527-0904
出版統籌—盧春旭
編務統籌—金文蕙
美術設計—李顯寧
印　　務—張芸嘉・林佳燕
校　　對—鮑秀珍・金文蕙

著作完成日期— 2001 年 12 月
初版一刷日期— 2002 年 9 月
初版四刷日期— 2003 年 3 月
法律顧問—王惠光律師

讀者服務傳真專線◎ 02-27150507
皇冠文化集團網址◎ http：//www.crown.com.tw
電腦編號◎ 379025
國際書碼◎ ISBN957-33-1889-X
Printed in Taiwan
本書定價◎新台幣 200 元

讀者回函卡

感謝您購買本書，只要將本卡填妥後寄回（免貼郵票），就可不定期收到我們的新書資訊，未來並有機會與張小嫻面對面近距離接觸！我們有任何關於張小嫻的新書出版消息，也都會儘速通知您。

1. 請針對下列各項目為《魔法蛋糕店》打分數：

	5	4	3	2	1
A. 內容題材	□	□	□	□	□
B. 封面設計	□	□	□	□	□
C. 字體大小	□	□	□	□	□
D. 編排設計	□	□	□	□	□
E. 印刷裝訂	□	□	□	□	□

2. 您購買本書的動機？
   □封面吸引 □書名吸引 □內容題材 □作者知名度
   □廣告促銷 □其他
3. 您從哪裡得知本書的消息？
   □書店 □報紙廣告 □皇冠雜誌廣告 □書評或書介
   □親友介紹 □ 其他
4. 您通常以哪些方式購書？
   □逛書店 □劃撥郵購 □信用卡訂購 □團體訂購
   □網路購書 □其他
5. 您看過張小嫻的哪些作品？＿＿＿＿＿＿＿＿＿＿＿＿

＿＿＿＿＿＿＿＿＿＿＿＿＿＿＿＿＿＿＿＿＿＿＿＿

讀者資料

姓名：　　　　　　　　生日：＿＿年＿＿月＿＿日

性別：□男 □女

職業：□學生 □軍公教 □工 □商 □服務業
　　　□家管 □自由業 □其他＿＿＿＿＿＿

通訊地址：□□□＿＿＿＿＿＿＿＿＿＿＿＿＿＿＿＿＿＿
＿＿＿＿＿＿＿＿＿＿＿＿＿＿＿＿＿＿＿＿＿＿＿＿

連絡電話：(公)＿＿＿＿＿＿分機＿＿＿＿（宅）＿＿＿＿＿＿

e-mail：＿＿＿＿＿＿＿＿＿＿＿＿＿＿

◎請沿虛線剪開、對摺、裝訂後寄出。

您對本書的其他意見：

◎請沿虛線剪開、對摺、裝訂後寄出。

北區郵政管理局登			
記證北台字1648號			
免	貼	郵	票

（限國內讀者使用）

105

台北市敦化北路120巷50號

皇冠文化出版有限公司　收